TAKE
SHOBO

屋根裏部屋でのとろ甘蜜月!?
私を追い出す予定だった侯爵様に何故か溺愛されています

クレイン

Illustration
森原八鹿

蜜猫
MitsuNeko

contents

イラスト／森原八鹿

屋根裏部屋でのとろ甘蜜月!?

私を追い出す予定だった
侯爵様に何故か溺愛されています

プロローグ　屋根裏部屋へようこそ

オズヴァルドは激怒した。

隣国との紛争が続く国境から死にものぐるいで帰ってきたら、邪智暴虐《じゃちぼうぎゃく》な祖父によって結婚を勝手に決められていたからである。

「ねえオズヴァルド。三日後、君の花嫁がこの屋敷に来るから。ちゃんと面倒をみてあげてねぇ」

「はあ⁉」

「そして僕はこれから領地に帰るから、後のことはよろしくね。仲良くするんだよぉ」

ふざけるな！　と怒鳴りそうになるのをオズヴァルドは必死に堪えた。

理性の糸は細い方であるし、堪忍袋の緒も短い方である。

だが目の前の適当且つのほほんとした老人は、これでも我がセヴァリーニ侯爵家の当主であり、この国で有数の権力者なのである。不興を買ったら色々と面倒なのだ。

「私は何も聞いていません。お断りします」

「やだなあオズヴァルド。そもそも君に是非は聞いていないよ。貴族の結婚は家長が決めるものだからねぇ。残念ながら君には拒否する権利はないんだぁ」

てへっと明るく笑ってそんなことをほざく祖父に、オズヴァルドのこめかみに血管が浮く。

「その家長たるあなたが決めた結婚で、前回大失敗しているんですよ。勘弁してください」

オズヴァルドは一度、婚約破棄をしている。

なんと、彼が戦争に行っている間に、婚約者が妊娠したのだ。

――もちろん、オズヴァルドではない、他の男の子供を。

隣国との戦争が、王太子の手腕により一時停戦となり、挙げた戦功で英雄などと持ち上げられつつも疲れ果てた体でようやく国境から王都に帰ってみれば、二年ぶりに会った婚約者の膨れた腹とご対面である。たまったものではない。

そしてオズヴァルドの顔を見た婚約者が、真っ青になって最初に発した言葉は、『どうして生きているの？』である。

オズヴァルドが激戦の続く前線に送られたと聞いて、おそらく彼女は婚約者の無事を祈るよりも、とっとと婚約者の後釜を探すことにしたらしい。

侯爵家の子息とはいえ、オズヴァルドは次男であり、家督を継ぐことはできない。

婚約者は、そんなオズヴァルドに物足りなさを感じていたのかもしれない。

そうして無事、子爵家の後継だという後釜の男を見つけ、とっとと乗り変えたらしい。

彼女としては、オズヴァルドが戦死してくれた方が、都合が良かったのだろう。

そうすれば婚約者が非業の戦死を遂げた哀れな女性と、そんな彼女を愛し支えた男という美しい構図になれたはずなのだ。

だが前線に送られ死ぬはずだった婚約者が、意外にも人殺しの才能を開花させ盛大に戦功を挙げ、元気に帰って来てしまったがために、うっかりただの尻軽女と間男になってしまった。

(だとしても、本当に死んだかどうか、しっかり確認してからにしろよ……)

呆《あき》れ果てたオズヴァルドは、もちろん速やかに婚約を破棄した。

流石に他の男の子を孕《はら》み、己の死を願っていた女に未練はない。

婚約者とは子供の頃からの付き合いで、恋をしていたわけではないが、それなりに気心の知れた関係だと思っていた。

美しくも気性の激しかった母とは違う、彼女のおっとりした雰囲気も良かった。

たとえ激しい恋情はなくとも、夫婦として穏やかに日々を過ごしていければいい。そう思っていたのに。

どうやらそう思っていたのは、オズヴァルドだけであったらしい。――誠に遺憾なことに。

「あれにはびっくりしたよねぇ。幼馴染《おさななじみ》だから大丈夫だと思ったのになあ」

「びっくりで済ませないでくださいよ……本当に」

もちろん当時から理性の糸が細く、堪忍袋の緒が短いオズヴァルドは激怒した。

だが散々怒り、相手の家から慰謝料を毟《むし》り取り、残ったのはどうしようもない虚《むな》しさだった。

これまた誠に遺憾なことに、オズヴァルドと同じ状況になっていた戦友たちは多かった。

帰ってきたら妻やら婚約者やら恋人やらが、他の男のものになっていたのである。

(俺たちは、一体なんのために戦ってきたんだろうか……)

国を守ることで、引いては家族や愛する人を守ることになるのだと思っていた。

けれども、待っていたのはこんな結末だ。報われなさに、酷《ひど》く自暴自棄な気持ちになった。

そして停戦協定も虚しく、オズヴァルドはすぐにきな臭くなった国境に戻ったのだ。

戦場こそが、己の居場所である気がした。

軍人である以上、自分はいつ死ぬやも知れぬ身だ。

だったらもういっそ家庭などつくらず、一人気楽に生きていこうと思っていたのだが。

突如として腹違いの兄が事故で亡くなってしまい、彼に子がいなかったことからセヴァリーニ侯爵家の唯一の直系となったオズヴァルドに、国から王都への帰還命令が出た。

自分がいなくなった後の国境警備に不安を覚えつつ、渋々ながら帰って来たら、この有様である。

「兄上が亡くなって早々に結婚とか勘弁してくださいよ。大人しく喪に服していましょう」

父の前妻の息子である兄とは元々折り合いが悪く、ほとんど関わりはなかった。

よってその死を悼む気持ちはあまりなかったのだが、あえて引き合いに出した。

結婚など死んでもごめんだ。喪中を理由にあと一年ほど逃げ切って、その間に傍系から適当に養子を貰《もら》えばいい。

するとと祖父は目をすがめ、ため息を吐いた。

「オズヴァルド、残念ながらもう決まったことなんだ。それに君には後継としての義務があるからね。これまでのように気楽に過ごされては困るよ」

「………」

珍しく真面目な顔でそんなことを言ってくる祖父に、苦々しい思いが込み上げる。

これまで誰も、オズヴァルドに興味を持たなかったというのに。

兄が死んだ途端に、後継の義務とやらを押し付けてくるのか。

「……私は、父上の二の舞はごめんです」

父も、オズヴァルドの母に浮気されて離婚している。

母は若い男と手に手をとって家を出て行った。しかもオズヴァルドが非常に多感な時期に。

ちなみに父の前妻も、浮気して出て行ったとかなんとか。

(うちの男どもときたら、揃《そろ》いも揃って女を見る目がなさすぎだろ……!?)

セヴァリーニ侯爵家の男は、総じて女性を見る目がないのである。それはもう致命的に。

娘のような年齢の、美しくも苛烈な妻。

優しく気弱な父は、そんな母を愛していたのだろう。

母が男と出て行ってから、すっかり気落ちし、その後、病気で亡くなった。

女という生き物は恐ろしい。

なんせ『寂しい』という感情が、全ての免罪符になってしまうのだ。

母も婚約者も揃って同じことを口にした。

夫が仕事ばかりしていて寂しかった、婚約者が戦争に行ってしまって寂しかった、などと。

一体誰の稼いだ金で、生活していると思っているのか。

一体誰のために、戦争に行ったと思っているのか。

こちらが命をかけて戦っている間に、たかが『寂しい』という感情を優先するとは、随分と良いご身分だとオズヴァルドは思う。

そんな煩わしい存在と、共に暮らしたくない。

オズヴァルドの女性不信は、それはもう根が深かった。

「私はもう結婚そのものをしたくないのです。後継が必要なら親戚から養子を取りますよ」

セヴァリーニ侯爵家は古き家系だ。家の興りはこの国の建国まで遡る。

よって親戚ならピンからキリまで腐るほどいるのだ。

その中から優秀な子供を選び出し、後継として養子にすればいい。

セヴァリーニ侯爵家を継ぎたい人間など、腐るほどいるだろう。

「これがまた、そうはいかないんだよオズヴァルド。もう婚約を結んじゃったからね。しかもうちからは破棄できないんだぁ」

「……は?」

オズヴァルドから、思わず間抜けな声が出た。

「すっごく可愛い子でねー。どうしても君のお嫁さんにしたくってぇ」

祖父がオズヴァルドに嫁がせたいと結婚を申し込んだところ、相手の家から断られたそうだ。

そのことに、オズヴァルドはまず驚く。

自慢ではないがオズヴァルドは、セヴァリーニ侯爵家の後継であり、王太子の側近であり、先の戦争で多くの戦功を挙げた戦争英雄でもある。

しかも少々目つきは悪いが、見た目もそう悪くない。

未婚の貴族令嬢およびその親たちにとって垂涎《すいぜん》の、この国きっての花婿候補であると自負している。

だというのに相手の家は、そんなオズヴァルドとの縁談を、素気《すげ》無《な》く断ったという。

もちろんオズヴァルドとて結婚などをするつもりは毛頭無いが、自分が断られた立場ということが、正直気に食わない。

それでもどうしてもと祖父が食い下がったところ、多額の支度金と、婚約が破棄された際の莫大《ばくだい》な違約金を約束させられたらしい。

(とうとうボケたかジジイ……!)

オズヴァルドは心の中で祖父を罵った。なぜそんな不平等な契約を結んでしまったのか。

ちなみに花嫁の名前は、ルーチェ・リティア・アルベルティ。アルベルティ伯爵家の長女だそうだ。

なるほど。古くからある名家ではあるが、現当主夫妻は浪費家で知られている。

正直に言って、あまり良い噂《うわさ》は聞かない。

(……そういうことか)

オズヴァルドは気づく。なるほど。これは、祖父の策略なのだと。

婚約破棄に大きな不利益を生じさせることで、オズヴァルドがこの結婚を受け入れざるを得ない状況を、祖父は作り上げたのだ。

オズヴァルドはなんだかんだ言って、お人好《ひとよ》しな父の遺《のこ》したこの家を、大切に思っている。

よって、自分のせいで多くの不利益を家に被《かぶ》せることは、避けるはずだと祖父は考えたのだ。

どうあっても祖父は直系の子孫に、このセヴァリーニ侯爵家を継がせたいのだろう。

父は母から捨てられた後、さすがに懲りてしまったらしく再婚はしなかった。

よって異母兄が子を残さずに死んだ今、もはやこの家の直系はオズヴァルドしかいない。

(馬鹿馬鹿しい。血が一体何だというんだ)

そんなものは、ただ体を流れるだけの液体に過ぎない。

むしろあの愚かでふしだらな母親と血が繋《つな》がっていると考えるだけで、オズヴァルドは陰鬱とした気分になるというのに。

もしかしたらアルベルティ伯爵も、オズヴァルドが独身主義者であることを知っており、この婚約は破棄されるであろうと考え、違約金目的で契約したのかもしれない。

つまりは彼にとって、この縁談は素晴らしい儲《もう》け話であるということだ。

（なんてこった……）

きっとその娘は、このセヴァリーニ侯爵の財産を食い潰さんとやってくる、災厄に違いない。

「とっても良い子だよー。君も絶対気に入ると思うんだぁ」

「………そうですか」

そんなことは心底どうでもいいと、オズヴァルドは思った。

どんな娘であろうと、こちらから婚約破棄をすることは、契約上できないのだから。

そこまで考えて、オズヴァルドはふと、あることに気づく。

逆に考えれば、向こうから婚約破棄をしてもらえれば、違約金は発生しないのではないだろうか。

（つまり、こんな男とは到底結婚できないと、その娘に思わせればいい）

オズヴァルドは己の素晴らしい思いつきに、ほくそ笑んだ。

もちろん婚約破棄後に、いくらか不名誉な噂に晒《さら》されることになるだろうが、かまわない。

むしろそれで若い女性から、結婚相手として嫌厭《けんえん》されるようになれば万々歳だ。

侯爵家の後継となった途端にやたらと湧いた縁談を、断る手間が省けて一石二鳥である。

「その婚約契約書とやらを読ませてください。私は当事者なんですから、その権利があるでしょう」

オズヴァルドはそう言って、渋る祖父から契約書を取り上げ読んでみた。

やはりそこには、婚約後の婚約者の処遇に対する記述はない。

それはつまり、この屋敷にやって来た花嫁候補をオズヴァルドがどんなふうに扱おうが、問題はないということで。

オズヴァルドはニンマリと笑う。

「では、私はアルベルティ伯爵令嬢を迎える準備をしたいと思います」

「うん、よろしく頼むよ。緊張しているだろうから、優しくしてあげてね」

(……するわけないだろう。むしろその女には嫌われなければならないのだから)

心の中でせせら笑いながら、オズヴァルドは祖父に一礼すると、足早にその場を後にした。

「ベルタ！　ベルタはどこだ！」

そして自分の部屋へと向かって廊下を歩きながら、己の乳母兼この屋敷の侍女長を呼びつける。

「はいはい、坊っちゃま、いかがなさいました？」

すると優しげな顔をした中年女性が、パタパタと慌てて駆け寄ってくる。

彼女は出て行った母の代わりに、オズヴァルドを愛情深く育ててくれた乳母のベルタだ。

「おい。いい加減坊っちゃま呼びはやめてくれ。一体俺を幾つだと思ってるんだ」

気安い乳母を相手にすると、オズヴァルドはつい戦場で覚えた乱暴な言葉を使ってしまう。

「はいはい、ではオズヴァルド様。いかがなさいました？」

「俺、結婚することになった」

ベルタの垂れた細い目が、驚きで極限まで見開かれる。

「正式な結婚は兄上の喪が明けた後になるが、三日後に俺の花嫁になる女性が、この屋敷に到着する予定だ」

するとベルタは、喜びに目を潤ませた。

「まあまあ！　なんということでしょう！　急いでお部屋の支度をいたしませんと！　もちろん坊っちゃまのお部屋の隣でよろしいですわね！」

こんなにも喜ぶベルタを見たのは久しぶりで、オズヴァルドの心を酷い罪悪感が襲う。

ベルタはオズヴァルドの結婚を、ずっと待っていた。そのことを知っているから、なお。

だが仕方がない、仕方がないのだ。痛む良心を堪えて、オズヴァルドは口を開く。

「……いや、花嫁には屋根裏部屋を用意してやってくれ」

ベルタの目が、信じられないとばかりに、さらに大きく見開かれた。

◇◇◇◇

三日後、予定通りオズヴァルドの元へ、彼の花嫁となるべく一人の女性がやってきた。

屋敷の前に停《と》められた、華美がすぎて品のないアルベルティ伯爵家の馬車から降りてきたのは、これまた、どぎつい赤の品のない派手なドレスを身に纏《まと》った、華奢《きゃしゃ》な女性だった。

（目がチカチカする……）

流石に婚約者を、エスコートしないわけにはいかないだろう。

オズヴァルドは何度か瞬《まばた》きをした後、不機嫌そうに女性に手を差し伸べた。

「あ、ありがとうございます……」

小さく礼を言われ、そこでまず違和感があった。

発された言葉に、高慢そうな雰囲気が全くないのだ。それどころか、オズヴァルドに酷く怯《おび》えているようで、小動物のようにぷるぷると震えている。

そして自分の手のひらに乗せられた彼女の手の、そのあまりの小ささと細さに、オズヴァルドの背筋がぞわりと冷えた。

少しでも力を入れたらすぐに折れてしまいそうで、怖くて握ることができない。

一体何なのだろう、すぐにでも死んでしまいそうな、この弱々しい生き物は。

そこで、ようやく覚悟を決めたらしい彼女が顔を上げて、オズヴァルドの顔を見据えた。

柔らかそうな栗色《くりいろ》の髪に縁取られた小さな顔には、痩せているからだろう、少し落《お》ち窪《くぼ》んだ大きな瞳がある。

「…………！」

その色は、灰色がかった薄紫色。

見たことがないその不思議な色に、オズヴァルドは見惚《みと》れてしまう。

ほとんど化粧をされていない顔は、血色が悪く、青みがかっている。

若い女性は細い体を望むあまり、必要以上に食事を減らしたりするというが、いくらなんでも痩せすぎである。明らかに栄養が足りていない。

もし自ら減量しているとするのなら、そこに病的な危うさを感じる。――だがそれでも。

（か、可愛い……）

オズヴァルドはうっかり素直に、そんなことを思ってしまった。

この女は、かのがめついアルベルティ伯爵家の娘だというのに。

可憐《かれん》な見た目と弱々しさに、騙《だま》されてはいけないと、慌てて思考を打ち消す。

それに少々流行から外れてはいるが、彼女の着ているドレスは十分高価なものであるし、やはりこれまた少々流行から外れてはいるが、身につけている装飾品も、それなりに高価なものだ。

つまりはこの娘も、両親と同じく金遣いが荒いに違いない。

(しっかりしろ自分……!)

オズヴァルドは必死に己に言い聞かせる。

そう、この女は我が家の財産を食い尽くさんとやってきた厄災なのだから。

「俺はオズヴァルド・ユーリエ・セヴァリーニ。君の婚約者だ」

「お初にお目にかかります。私はルーチェ・リティア・アルベルティと申します」

オズヴァルドの素っ気ない挨拶に、オズヴァルドの婚約者となったルーチェは小さく笑って応えた。

(か、可愛い……!)

またしてもオズヴァルドはうっかり彼女に見惚れて、言葉を失ってしまう。

本当にしっかりしろ、自分。

誤魔化《ごまか》すように一つ咳払《せきばら》いをすると、この日のために考えていた台本通りの言葉を吐く。

「――悪いが、俺は君との結婚など望んでいない」

「坊ちゃま!」

ベルタが咎《とが》めるような声をあげるが、無視をして言葉を続ける。

「君を愛するつもりもなければ、妻として遇するつもりもない。それでもよければ、ここにいるといい」

オズヴァルドははっきりと、やってきたばかりの婚約者であるルーチェに言い渡した。

酷いことを言ったという自覚はある。

だが彼女には、僅かばかりでもオズヴァルドに愛されるかもしれない、などという希望を持ってもらっては困るのだ。

オズヴァルドの言葉に、ルーチェは目を丸くしているものの、そこに悲嘆と言った感情は見つけられない。

それどころか、むしろ安堵《あんど》したようにぱあっと笑った。

「ああ、よかった！　そりゃそうですよね！　実は私もなんです！」

奇遇ですね！　などと明るく答えるルーチェに、オズヴァルドも驚き目を見開いた。

確かに冷静になって考えてみれば、ルーチェとて一度も会ったこともない男との婚約を、勝手に決められ押し付けられてしまった立場なのである。

こんな一方的な結婚に、納得するわけがない。

それなのにどうして自分だけがこの結婚を不服に思っているなどと、烏滸《おこ》がましいことを考えてしまったのだろう。

そのことに思い至った途端、オズヴァルドを猛烈な羞恥が襲った。

（――つまりは、互いに不服な結婚ということか）

お互い様のはずなのに、どこか不思議と悔しさと寂しさを感じてしまったのは、何故《なぜ》だろう。

「ですがまあ、こちらにも事情がありまして。おめおめとすぐに実家に帰るわけにはいかないんです。申し訳ございませんが、しばらくこちらに滞在させていただきますね！」

しかも彼女は家に帰る気がさらさらないらしい。一体どういうことなのか。

さらには彼女をここへ連れてきた馬車は、ルーチェが降りるや否や、とっととアルベルティ伯爵領へと引き上げていってしまった。

わずかな荷物とルーチェだけが、ぽつんとその場に残される。

それだって明らかにおかしい。嫁ぐ娘に、実家から一人も使用人をつけないなどと。

「……君の部屋に案内しよう」

様々なことに違和感を抱きつつも、なんとか気を取り直したオズヴァルドは、婚約者となったルーチェの手を引き、屋敷の中へと入る。

先ほどからベルタの咎めるような冷たい目線が痛いが、仕方がない。

物珍しいのか、ルーチェは屋敷の中を興味深そうに、きょろきょろと見渡している。

（まるで子供みたいだな……。可愛いな……じゃなくて！）

きっと彼女は屋敷の中の金目のものを値踏みしているに違いない、とオズヴァルドは自分に言い聞かせる。

なんせ、この娘はかの浪費家一家の長女なのだから。見た目にだまされてはいけない。

「ここが君に用意した部屋だ」

薄暗い階段を上がっていき、ようやく着いた部屋に、ルーチェは目を瞬かせた。

そこは、先日急遽《きゅうきょ》ベルタに準備させた、屋根裏部屋だった。

(さあ、今すぐ婚約を破棄すると言ってくれ……！)

なんとしても彼女には、ここから自主的に出て行ってもらわねば困るのだ。

流石に屋根裏部屋に入れられたとなれば、屈辱のあまりすぐに婚約破棄の言葉を吐いてくれるに違いない。

オズヴァルドは緊張しながら彼女の非難の言葉を待つ。――だが。

「……まあ！　なんて素敵なお部屋なの！」

ルーチェの口から溢《あふ》れたのは、真実、嬉《うれ》しそうな声だった。

(――――は？)

望んだものとは正反対の、あまりにも想定外の言葉に、オズヴァルドは唖然《あぜん》とする。

一体何を言っているのだろう、この娘は。頭の中身は大丈夫なのか？

だがルーチェは意気揚々と屋根裏部屋の中に入ると、その隅々までを楽しそうに確認して見て回っている。

「天窓があって日当たりもいいですし、景色も良い。家具もしっかりしていますし、リネン類も綺麗《きれい》に洗濯されていますし、掃除も行き届いていていてピカピカ！　歓迎していただいているようで嬉しいです……！」

そしてルーチェは、嫁いできた貴族の娘としてはありえないほど少ない荷物を、テキパキと片付け始めた。

本当に、ここに住む気満々である。

「ありがとうございます、オズヴァルド様！　大切に使わせていただきますね！」

さらにはにこやかに、本当に裏を感じさせない笑顔でそんなことを言った。

よって実は嫌味《いやみ》という線もなさそうである。なんということだろう。

オズヴァルドが横にいるベルタをそっと窺《うかが》い見れば、先ほどまでオズヴァルドへの怒りを堪えた顔をしていた彼女は、今では楽しそうに興味深そうにルーチェを見つめている。

どうやらルーチェのことを、すっかり気に入ってしまったらしい。

（な、なんでこうなったんだ……？）

こんなはずではなかった。オズヴァルドは思わず、頭を抱えてしまった。

第一章　屋根裏部屋暮らし、始めました

『幸せになろうとする努力を、怠っては駄目よ』


母はいつも、ルーチェに明るく笑ってそう言った。

決して己の不幸に甘んじてはいけないのだと。

人は簡単に不幸になってしまう。だからこそ、徹底して抗《あらが》わなければならないのだと。

母は未婚でルーチェを産んだ。父親のことは知らない。

死ぬまでルーチェの父親の身上について、母は一言も語らなかった。

ただ、素敵な人だったのだと、恋をしたのだと、それだけを言った。

どうやら元々男爵令嬢であった母は、その美しい容姿と高い教養を武器に王宮に勤めに出ており、そこで道ならぬ恋に落ちたらしい。——とは、後に母と結婚し、ルーチェの養父となったアルベルティ伯爵の談である。

未婚の状態で娘のルーチェを孕み産んだことで、母は生家である男爵家において、美しく優

秀な自慢の娘から一転、家の恥、家の汚点として扱われるようになってしまった。

子さえいなければまだ縁談がくる余地があるだろうと、生まれた娘を養子に出すように両親から再三強く求められたようだが、母はルーチェのことを絶対に手放そうとはしなかった。

そしてルーチェの母は、生まれたばかりの赤ん坊と共に、屋根裏部屋へと押し込まれた。

おそらく過酷な状況下に置くことで、母が子供をあきらめ、言いなりになることを祖父母は狙ったのだろう。

だが根っから明るい母は、埃《ほこり》っぽくカビ臭いその屋根裏部屋でも、腐らず前向きに過ごした。

「食べ物と水と雨露を避けられる屋根があるだけでも、幸運というものよ！」

部屋の空気を入れ替え、ピカピカに掃除をし、与えられたボロ布のようなリネンを綺麗に洗濯し、ハーブで良い香りを付けた。

なんでも母は王宮の下級女官として働く日々で、家事の楽しさに気づいたのだという。

「やろうと思えば、何だってできるものよ」

針の筵《むしろ》のような肩身の狭い生家で、貧しいながらも、母と娘は逞《たくま》しく幸せに暮らしていた。

だがルーチェが四歳になった頃、母は王宮に勤めている時から熱心に言い寄ってきたという、アルベルティ伯爵に求婚された。

彼はずっと、美しい母に恋焦がれていたのだという。そして、母の窮状を知ったらしい。

『――あなたのことを、愛せる自信がないの』

だが母は、そんなアルベルティ伯爵に対し、あまり良い心証《しんしょう》を持っていなかったようだ。

一度はそう言って求婚を断った。

だがルーチェのことも養女にして受け入れると重ねて言われ、母は揺れた。

伯爵家の養女となれば、娘に豊かな生活と教育を与えることができると考えたのだ。

さらにアルベルティ伯爵は、母の生家である男爵家を通して、正式に結婚を申し入れた。

不出来な娘と穢《けが》らわしい孫娘を一気に引き取ってもらえる上に、古き名家であるアルベルティ伯爵家と縁戚関係になれると大喜びした両親から、母は求婚を受け入れるよう強いられ、とうとう観念《かんねん》して結婚を了承。

アルベルティ伯爵夫人となり、当初の予定通り、ルーチェはアルベルティ伯爵の養女となったのだ。

伯爵が母を愛しているが故に、当時ルーチェは伯爵令嬢として、相応の扱いを受けていた。

家庭教師をつけてもらい、しっかりと淑女教育を受けることができたし、季節ごとに仕立てられた美しいドレスを、身に纏うこともできた。

母と養父と共に、毎回贅沢《ぜいたく》な食事をお腹《なか》いっぱい食べることができたし、日当たりが良く居心地が良い子供部屋も与えられていた。

我ながら幸せな幼少期を過ごしていたと、今でも思う。

その幸せが崩れたのは、ルーチェが十歳になったばかりの寒い冬の日のこと。

母が倒れ、そのまま帰らぬ人となってしまったのだ。

アルベルティ伯爵家の後継を、お腹に抱えたままで。

妻と子を亡くした養父の嘆きは深かった。

母が亡くなった後も、一応アルベルティ伯爵家の養女ということになっているルーチェは、そのまま伯爵家で過ごすこととなった。

祖父母が、ルーチェの引き取りを拒否したからだ。

何処の馬の骨かもしれぬ男の子供など、育てる気にならなかったのだろう。

元々ルーチェに対しそこまでの思い入れはなかったアルベルティ伯爵であったが、妻の死をきっかけに、さらに血のつながりのない養女への興味を失うことになった。

季節が巡り、ルーチェが十三歳になったころ。

養父であるアルベルティ伯爵の再婚が決まった。

後妻に入る女性は、当時成人したばかりの十八歳の伯爵令嬢。

つまりはルーチェと、たった五歳しか年の変わらない養母ができたのだ。

再婚することで、ルーチェの養子縁組を解消するのは外聞が悪いと思ったのだろう。

ルーチェは血のつながらない養父母と、そのまま共に暮らすこととなった。

だが血がつながらない上に、前妻によく似たルーチェに対し、養母が女として警戒心を持つのも、無理のないことだったのだろう。

年が近かったことや、ルーチェが容姿に恵まれていたことなどからも、やがて彼女から嫉妬と憎しみに満ちた目を向けられるようになった。

その後、養父母の間に後継となる待望の男の子が生まれ、さらにルーチェのアルベルティ伯爵家における立場はなくなってしまった。

子を産んだことで、さらに感情的《ヒステリック》になった養母からは、些細《ささい》な理由で毎日のように罵倒され、鞭《むち》を打たれ、時に食事を抜かれるようになり。

ドレスや宝飾品といった高価なものは全て取り上げられ、それまで使っていた子供部屋も、生まれた子供に使わせたいという理由から追い出され、使用人部屋へと移動させられた。

手入れのされていない離れの屋根裏にある、狭く日当たりの悪い埃と鼠《ねずみ》だらけの使用人部屋に入ったルーチェは、なるほど、とかつての母の言葉を反芻《はんすう》した。

確かに、人が不幸になるのは、とても簡単なことなのだ。

こうしてルーチェは、またしても屋根裏部屋に戻ってきてしまった。

さらには日々使用人と同じように、使用人とは違い賃金を払われない状態で、ルーチェは働かされるようになった。

養母の金遣いの荒さに、アルベルティ伯爵家の家計は逼迫《ひっぱく》しており、養女として無賃で働かせることができるルーチェは都合が良かったのだろう。

養父は自分の子供のような年齢の年若い養母に夢中になっており、全て彼女の言いなりになっていた。

そして人は強いものにおもねるもので、養母の目を気にしてか、使用人たちまでもルーチェを見下すようになり、冷たく当たり、仕事を押し付けるようになっていた。

この家を出ていきたいとも思ったが、国は長く続いた戦争で疲弊しており、たまにお遣いで出る街には浮浪児や、手足を失った傷病兵の成れの果てが溢れており、とてもではないがまだ子供の枠を出ないルーチェが一人生きていけるような環境ではなかった。

(……上を見てもキリがなく、下を見てもキリがないのよね)

母の言う通り、食べ物と水と雨露を避けられる屋根があるだけでも、幸運と思うしかない。

(――そして大人になったら、ここから出ていくのよ)

大人になれば、自分の力で働き口を探すこともできるだろう。

ここでまともに食事も貰えず、嵐のようにやってくる暴言や暴力に耐えながら、無給でこき使われつつ暮らすくらいなら、普通に街で働いて賃金をもらって生活した方が、よほど良い。

貴族としての地位などいらない。身の丈にあった人生を送れればそれでいいと。

そうして地獄のような日々を耐え抜き、もうすぐ成人となるところで。

突如、ルーチェは養父から呼び出しを受けた。

今更一体なんの用なのかと、鬱々とした気分で養父の書斎に向かう。

ルーチェの中で、養父はすでに他人以下の存在だった。できるならば、もう一生関わりたくないくらいの。

書斎の前に着き、覚悟を決めるために一つ大きく息を吐いたあと、樫《かし》の木でできた書斎の扉を叩《たた》く。

すると間髪入れずに「入れ」と冷淡な返事が返ってきた。

「……失礼致します」

ルーチェが入室すれば、そこには記憶よりも随分と老けた養父がいた。

養父と顔を合わせないよう養母が徹底してルーチェを本邸から遠ざけていたために、こうして彼と顔を合わせるのは随分と久しぶりだった。

ルーチェの顔を見て、養父が目を見開く。

おそらく十七歳になったルーチェに、母の面影が濃くあったからだろう。

目の色と髪の色こそ違うが、それ以外、母と娘はよく似ていた。

(明るい金の髪に空色の瞳をしていた母様に比べれば、私は地味だけれどね)

「……随分と大きくなったな」

そして養父の目に、言葉に、性的な欲を見て、ルーチェの背筋にぞくりと冷たいものが走る。

なるほど。女の勘というのは、なかなか侮れないものらしい。

(もしかしたら私は、あの養母《ひと》に感謝すべきだったのかもしれないわね……)

——亡くした最愛の妻、彼女によく似た、血のつながらない若い娘。

その二つを重ね合わせる可能性は、大いにあったということだ。

いよいよこの家から逃げる時が来たのかもしれない。

ルーチェをじろじろと眺めた後、養父は一つため息を吐き、口を開いた。

「……お前に縁談がきた」

「……は？」

養父の言葉に、思わず間抜けな声が出てしまった。それくらいに想定外だったからだ。

「嫁入り先はセヴァリーニ侯爵家だ」

「こ、侯爵家ですか……？」

しかも、とんでもないところからの縁談だ。ルーチェは驚き目を見開く。

侯爵の位にある家は、この国に十もない。

一方伯爵家は百を超える。それほどに、侯爵位と伯爵位の間には格差があるということだ。

アルベルティ伯爵家では、とてもではないが釣り合わない。

その上ルーチェは養女であり、実子ですらない。

つまりは到底、ルーチェが嫁げるような先ではないのだ。

「いったいどうしてそんなことに……？」

「知らん。なんでもセヴァリーニ侯爵が、お前を見かけてお気に召したそうだ。侯爵家が相手では、我が家は断ることもできん」

一体お前にいつ侯爵と会う機会があったんだと、どこか苛立《いらだ》ちの滲《にじ》む、苦々しい声で義父は言う。

おそらくルーチェがこんなにも母に似ていることを知っていたら、この男は縁談を受けることなく、ルーチェを手元で飼い殺すつもりだったのだろう。

そんな未来を想像してしまい、込み上げてきた吐き気を堪えながら、ルーチェは口を開く。

「では私は、その侯爵閣下に嫁ぐということですか？」

「いや、相手は侯爵の孫息子だ。元々は婚約者がいたらしいが、何年か前に婚約を解消したらしくてな」

「……わかりました」

どうやら老人に嫁ぐ、というわけではないらしい。

それにしても、セヴァリーニ侯爵とまったく面識がないはずなのだが、彼はなぜルーチェを孫と娶《めあわ》せたいのだろう。

「……結婚はいつ頃を予定しておりますか？」

（その前に、とっとと逃げてしまいましょう）

ルーチェはこの屋敷からの逃走経路を頭の中で描きつつ、養父に聞く。

自分が消えれば養父は困るだろうが、知ったことではない。

どうでもいい人間のために、このまま不幸に浸《つ》かっているつもりはないのだ。

「結婚式は先だが、婚約はすでに結ばれている。よってお前には、セヴァリーニ侯爵家に行ってもらうことになる」

「ですから、それはいつを予定しておられるのですか?」

「………今すぐだ」

「は?」

なんでも本日中に王都に向かい、出立しなければならないらしい。ルーチェは目を回した。

いくらなんでも急すぎる。一体なぜそんなことになったのか。

これでは逃げることができないと、ルーチェは内心舌打ちをする。

「セヴァリーニ侯爵が一刻でも早くお前を寄越《よこ》すよう、求めてきたのだ。お前は本当に、一体何をしたんだ」

そんなことを言われても、本当になんの記憶もない。よってそんなに執着される理由もわからない。

さらにはここから出ていく用意もまるでしていない。ルーチェは慌てふためいた。

「それと、これを先に書け」

そして目の前に差し出されたのは、結婚誓約書だった。

夫と妻の署名欄以外、すでに全ての項目が埋められている。

これを書いて、神殿に提出されてしまったら、結婚が成立してしまう。

「後ではダメですか？　まだ心の整理も、覚悟もできていないんです」

「結婚誓約書の提出も、セヴァリーニ侯爵に求められているんだ。いいから書け」

おそらくは、ルーチェを逃さないためのカタのようなものなのだろう。

この国では離婚は教義上、非常に難しい。一度婚姻を結んでしまえば、生涯を縛られるに等しい。

なぜセヴァリーニ侯爵が、それほどまでにルーチェに固執しているのかはわからないが。

頭ごなしに怒鳴られ、署名《サイン》を強要され、足が震える。

それでもルーチェは果敢に顔を上げ、父を睨《にら》みつけた。

「まだ、書きたくありません。お相手がどんな方かもわからないのに……」

「黙れ！　お前の結婚は、家長たる私が決めるものだ」

「あなたのことを家族だと思ったことはありません！」

娘として遇されていないというのに、娘としての義務を果たせ、などと。烏滸がましいにも程がある。

「――っ！」

ルーチェは頬《ほお》を打たれ、その場に倒れ込む。

そして執事を呼ばれ、男性二人に無理やり体を押さえつけられて、署名させられた。

養父はルーチェを、セヴァリーニ侯爵家に金銭で売り渡したのだろう。

このところ、事業がうまくいっておらず、資金繰りに苦しんでいたようだから。

殴られた時に歯で頬の裏側が傷ついたのだろう。血の味がする。最悪な気分だ。

ルーチェに無理矢理書かせた結婚誓約書を眺め、養父はいやらしく笑った。

勝手に結婚を決められたことは腹立たしいが、このままこの家にいたら、養父に何をされるかわかったものではない。

そんな地獄に比べれば、自分を望んでくれる侯爵家に行った方が、まだマシかもしれない。

「いいか。セヴァリーニ侯爵家に行ったら、悪女を演じるなりして婚約者の侯爵子息に嫌われてこい。そして先方からの婚約破棄に持ち込め。そうすれば更に我が家に莫大な違約金が入るからな。それにお前もこの家に帰って来ることができる」

ルーチェは絶句した。こんな家に帰ってきたいなどと、一体誰が思うのか。

「万事うまくやったなら、その功労に報じて、これまでより良い生活をさせてやろう」

にやにやと笑う養父に、身の毛がよだった。

婚約者に婚約を破棄されてしまったら、養父に多額の金が入る上に、彼の妾《めかけ》にされてしまうのだろう。

そんな人生は死んでもごめんだ。この養父を喜ばすことなど、もう何一つとしてしたくない。

（……結婚誓約書を提出される前に、なんとか逃げなければ）

結婚誓約書には夫の欄が未記入だった。よって、今すぐ提出されるわけではないだろう。

まずは夫となる人に、交渉してみるのはどうだろうか。

彼だって、血が不確かな上に痩せすぎて見目の悪い娘などと結婚したくはないはずだし、多額の違約金だって払いたくはないはずだ。

ルーチェが彼の婚約者に選ばれたのは、単に当主であるセヴァリーニ侯爵がルーチェのことを気に入ったからであり、彼本人の意思ではない。――つまり、交渉の余地はある。

(思い通りになど、なってたまるものですか！)

その後、夫からルーチェの結婚の話を聞いた養母は、これで目障りな存在が消えると喜び、その結婚相手がセヴァリーニ家の後継だと聞くと、今度は憎々しげに睨みつけてきた。

養母は自分よりルーチェが幸せになることが、許せないのだろう。

自分が嫁いだ伯爵家よりも、はるかに格上の侯爵家に嫁ぐことも。

養母はルーチェに、憎しみに近い感情を抱いていた。

(……まあ、確かに夫がかつての妻をいつまでも引きずっているなんて、たまらないでしょうね)

養母に対し、それなりに恨《うら》み辛《つら》みはあるが、ルーチェは一定の理解を示していた。

彼女がルーチェの存在を、受け入れられない理由もわかる。

人は己の立場を脅かすものを、本能的に忌避するものだから。

「人前に出ても恥ずかしくないよう、支度をしてやれ」

古びた侍女のお仕着《しき》せのままで、セヴァリーニ侯爵家に嫁がせるわけにはいかないからと、養父に宥《なだ》められ嗜《たしな》められて、養母は渋々ながら己の不用品の中からルーチェの嫁入りの準備を始めた。

なんでも侯爵家は身一つで嫁いできてくれればいいと、持参金も求めないらしい。

あまりにも都合の良い話に、聞けば聞くほど、むしろルーチェは不安になってしまう。

目の前に突然差し出された幸運を純粋に喜べるほど、ルーチェは楽観主義者ではない。

なんせ旨《うま》い話には、必ず裏があるのである。

娘のためを思ってしたはずの母の結婚が、今、娘を追い詰め苦しめているように。

（絶対に何かあるんだわ……）

セヴァリーニ侯爵の孫息子には、おそらく貴族女性が結婚相手として忌避するような、何某《なにがし》かの理由があるのだろう。

だからこそ仕方なく、伯爵家の養女を人買いのように娶《めと》るのだ。

よほど容姿に問題があるのか、それともよほど人格に問題があるのか。

まあ、どちらにせよ、今更ルーチェにできることなど、なにもない。

市場に運ばれる家畜さながら、意思も尊厳も全てを無視されて、粛々と売り払われるだけだ。

養母が飽きたり気に入らなかったりしたために、衣装室に捨て置かれていた衣装や宝飾類のうち、一番似合わなさそうなものをあえて着せられ、無駄にゴテゴテと飾りつけられた下品な馬車に詰め込まれ、ルーチェは育ったアルベルティ伯爵領を後にし、王都へと向かった。

持たされた荷物は、養母のお下がりのドレスと装飾品類数点のみだった。

ルーチェの私物は侯爵家に持ち込むには、全てがあまりにも見窄《みすぼ》らしすぎた。

そんな粗末すぎるものを持って行かれたら、侯爵家に養女であるはずのルーチェを迫害していたことを悟られてしまうと考えたのだろう。

よってルーチェは、私物の一切を持ち出すことができなかった。

嫌がらせか、必要以上にきつく締められたコルセットに吐き気を催しながら、ルーチェは馬車の窓から外を眺め、これから先のことを思う。

(暴力を振るわれたり、食事をもらえなかったりしたら嫌だなあ……)

ただちゃんと食事を貰えて、安心して眠れる場所があるだけでも上々だ。

これまであまりにも不幸に見舞われすぎたルーチェの望みは、人が人として生きる上で最低限のささやかなものだった。

そんな、可哀想なルーチェである。

送られたセヴァリーニ侯爵家の王都別邸《タウンハウス》で、屋根裏部屋へ案内された時、彼女がまず思ったことは『思っていたより全然良かった！』だった。

なんせ与えられた屋根裏部屋は、天窓のおかげで日当たりがよく、隙間風も雨漏りもなく、綺麗に清掃されている上、家具も重厚感のある品の良い高級品ばかりであり、リネン類も新品か綺麗に洗濯されているものだった。

さらに一棟分の屋根裏であり、十分な広さもある。

これまで暮らしてきたいくつかの屋根裏部屋の中でも、ダントツで良い。

「まあ！　なんて素敵なお部屋なの！」

よって思わず声が出た。それは、ルーチェの心の底からの素直な気持ちであった。

ルーチェはワクワクと、部屋の中を確認していく。

（しかもちゃんと暖炉もあるし、浴室も浴槽もあるわ……！）

最高である。かつて暮らしていたアルベルティ伯爵家の屋根裏部屋とは雲泥の差である。

なんせルーチェは毎日冷たい水に浸した布で体を拭い、薄っぺらい毛布をかぶって寒さに耐えていたのだから。

この屋根裏部屋は、人として最低限どころか、十分すぎるほどの設備だった。

（こんな場所で暮らせるなんて！　なんて幸せなのかしら……！）

ルーチェは途端にここでの生活が楽しみになってしまった。

この部屋でやりたいことが、次々に頭の中に浮かんでは、心を湧き立たせる。

そんな彼女に対し、オズヴァルドという名の婚約者の男が、釈然としない顔をしている。

屋根裏部屋に放り込むことは、彼にとって最大限の嫌がらせのつもりだったのだろう。

確かに普通の貴族のご令嬢であれば、嫁してきてすぐに屋根裏部屋へ案内されるなど、深く傷つき泣いて実家に帰る十分な理由となっただろう。

だがルーチェは、人生のほとんどを屋根裏部屋と共に生きてきたのだ。

(――残念だったわね。甘いのよ)

所詮は大事に育てられたお坊ちゃんである。どうやら本当の地獄を知らないようだ。

「ありがとうございます、オズヴァルド様！　大切に使わせていただきますね！」

オズヴァルドはもう何も言い返せないのか、何度か口をパクパクと開け閉めした後、頭を抱えてしまった。

ルーチェはそんな己の婚約者を、そっと窺う。

(ふむ。苦悩する顔も格好良いわね……)

彼を見るに、特段容姿に問題があるようには思えない。むしろ、なかなかお目にかかれないほどの美男子である。

金を溶かし込んだかのようなサラサラの髪、青玉《サファイア》をはめ込んだような鋭い切れ長の目に、高い鼻梁《びりょう》。

軍に所属していただけあって、背が高く、体格も良い。ただただ眼福である。

この屋敷で暮らせば、これほどの美形を毎日見放題なのである。これまた最高である。

(つまり、彼が結婚できない理由は、その性格のせいってことね)

確かに決められた結婚を嫌がり、その婚約者を屋根裏部屋へ押し込むなど、実に子供じみたそうだ。

　馬鹿馬鹿しい所業だ。

　だが彼は養父のように、己の苛立ちのままに声を荒らげたり、人を殴ったりすることはなさそうだ。

　現状、彼にとって不本意な事態となっているのに、その原因であるルーチェに対し、未《いま》だに攻撃的な態度は取ってきていないのだ。

　ルーチェからすれば、これは凄《すご》いことである。

　自分の思い通りにならないからと、怒鳴り暴れる成人男性が少なくないことを知っている。

　感情の制御がちゃんとできているだけでも、立派である。

　基本的に他人に期待しないルーチェとしては、それだけで彼への好感度が上がってしまう。

　彼ならばルーチェを、生命が脅かされるような状況に追い込んだりはしないだろうし、無理矢理ここから追い出すようなこともしなさそうだ。

（それならしばらくここで、居候させてもらいましょう）

　アルベルティ伯爵家に戻るつもりは、もう小指の先ほどもなかった。

　このままセヴァリーニ侯爵家の屋根裏部屋に居座る気満々である。

　元より結婚など望めるような立場ではなかったし、夫に愛されたいという願望もない。

　つまりこの状況は、ルーチェにとって非常に都合が良い。

（何もしなくても、養ってもらえる生活……！）

控えめに言っても最高である。人生のご褒美のような日々だ。

オズヴァルドの想定を遥《はる》かに超えて、ルーチェは強《したた》かだった。

（そして、ゆっくりと将来のことを考えましょう）

その猶予ができただけでも、ありがたい。

肩を落として出て行くオズヴァルドを見送った後、ルーチェは寝台に飛び込む。

羽毛の素晴らしい柔らかさと、滑らかで清潔なリネンの肌触りに、うっとりとする。

（至福……！）

この寝台でずっと眠れるのなら、愛されない妻で一生を終えても構わないとさえ思う。

「ふかふか……！」

アルベルティ伯爵家で使っていたものの二倍は大きく柔らかな寝台の上で、ルーチェはゴロゴロと転がって幸せを噛《か》み締めた。

「……あ、あの、お嬢様」

すると背後から困惑した声が聞こえ、驚いたルーチェはガバッと体を起こした。

振り返れば、オズヴァルドと共にこの部屋に案内してくれた、年嵩《としかさ》の侍女がいた。

彼と一緒に出て行ったと勝手に思い込んでいたルーチェは、慌てて乱れた髪や捲《まく》れたドレスの裾を整え、立ち上がる。

「ごめんなさい！　一人になったかと思い込んでいたの……！」

恥ずかしそうに顔を真っ赤にするルーチェに、その年嵩の侍女は慈愛に満ちた笑みを浮かべてみせた。

それから、身分の高い相手に対するように、腰を屈《かが》めて礼を取る。

「私はこの屋敷の侍女たちを取りまとめております、ベルタと申します」

「私はルーチェ・リティア・アルベルティと申します。よろしくお願いいたします。ベルタさん」

ルーチェが同じように頭を下げれば、ベルタは困ったような顔をした。

「どうぞ、私のことはベルタ、とお呼び捨てくださいませ。敬語も必要ございません。貴女様はこの屋敷の女主人となられるのですから」

それを聞いたルーチェは目をまんまるに見開いた。

屋敷に来て早々屋根裏部屋に放り込まれるような名ばかり婚約者だというのに、ベルタはルーチェを女主人だと認めてくれるらしい。

「……ありがとう、ベルタ。私のことは、どうかルーチェと呼んでちょうだい」

ルーチェはベルタに微笑む。

どうやらこの侍女は、自分を見下すような人間ではなさそうだ。

この屋敷において、自分の味方は一人もいないだろうと想定していたので、素直に嬉しい。

「ありがとうございます。ルーチェ様。この度はオズヴァルド様が大変失礼をいたしまして、申し訳ございません」

「貴女が謝ることじゃないわ。主人のすることに、使用人が逆らえるわけがないもの」

かつてベルタ側にいたルーチェには、そのことをよくわかっていた。

ベルタはおそらく、オズヴァルドに苦言を呈したはずだ。婚約者に礼を持って接しろと。

だがそれでも主人に強行されてしまえば、彼女にできることは何もなかっただろう。

この屋根裏部屋を、少しでも過ごしやすく調えることくらいしか。

「この部屋はとても住みやすそう。貴女のおかげね」

ルーチェがそう言って軽やかに笑えば、ベルタは嬉しそうな悲しそうな、なんとも言えない表情を浮かべた。

「ところでベルタ。お願いがあるのだけれど」

「はい、なんなりとお申し付けくださいませ」

「……この趣味の悪いドレスを脱ぎたいの。手伝ってくれるかしら」

そう言ってルーチェが悪戯《いたずら》っぽく笑えば、ベルタは目を丸くしてから、小さく吹き出した。

やはりベルタも趣味が悪いと思っていたのだろう。

「……アルベルティ伯爵家の侍女は、コルセットの付け方すらもまともに知らないのでしょうかね？」

ルーチェのコルセットの紐《ひも》を手際よく解きながらのベルタの苦言に、そうみたいよ、とルーチェも肩を竦《すく》めながら答える。やはり嫌がらせで通常よりきつめに締められていたようだ。

アルベルティ家の侍女たちも、散々見下してきたルーチェが突然侯爵夫人となることに、忸《じく》怩《じ》たるものがあったのだろう。

「ルーチェ様の綺麗なお肌に、こんなにも痕が付いてしまっていますよ！　本当になんてこと！」

そしてようやくコルセットが外れたところで、ふとベルタの手が止まった。

ルーチェはアルベルティ伯爵家において、歪《ゆが》んだ小さな手鏡しか持っておらず、己の背中がどうなっているのかを知らなかった。

（あー！　呼吸が楽！　空気が美味《おい》しい！）

ベルタの視線に気づかないまま。圧迫感から解放されたルーチェは、大きく息を吸う。

少し間を置いて、またベルタの手が動き出した。

「……ルーチェ様。お着替えはどうなさいますか？」

「シュミーズのままで過ごしてはダメかしら？　実は日常使いのドレスを持たされていないの。この部屋の中にいるのなら問題ないわよね……？」

困ったように言うルーチェに、ベルタの顔が盛大に引《ひ》き攣《つ》った。

「………それはいけません。確か前の奥様のご衣装が、大量に残っていたはずですので、そちらを持って参ります」

「そんな大切なもの、お借りできないわ」

「良いのですよ。存在も忘れられて、処分もされずただ放置されているだけのものですから」

しばらくしてベルタが持ってきたものは、ところどころが色褪《いろあ》せ、多少流行から外れているものの、質が良い日常使いのドレスだった。

薄い緑の生地で作られており、袖や裾に金糸で飾り刺繍《ししゅう》が入っている。

それをベルタがテキパキと着付けてくれる。コルセットも柔らかな布製のものを、緩めに着けてくれた。

正直、この程度の衣装ならば自分で身につけることができるのだが、誰かに世話をしてもらうことが久しぶりで、つい甘えてしまった。

「可愛いし、とても楽だわ！」

この屋根裏部屋には、なんと大きな姿見まで壁に立てかけられていた。

貴族からしても鏡は高価なものだ。本当に至れり尽くせりである。

ルーチェはその姿見の前で、くるりと軽やかに回ってみせた。

若草色のドレスが、ルーチェの焦茶色の髪と白い肌によく馴染《なじ》んでいる。ベルタの見立ては確かなようだ。

どうやらオズヴァルドの母と背丈はあまり変わらなかったようで、丈は問題なかった。

ルーチェが痩せすぎていることもあり、幅は随分と余ったが、体を締め付けられることに慣れていない身としてはむしろありがたかった。高級な絹が肌に心地良い。

「ありがとう、ベルタ」

ルーチェは礼を言うが、ベルタの表情は微笑みを浮かべながらも、どこか冴《さ》えない。

生き残るために、常に周囲の人間の表情を窺って生きてきたルーチェは、すぐにそのことに気付く。

(……まあ、それはそうよね)

誰の目から見たって、ルーチェは明らかに貴族令嬢ではない。

なんせアルベルティ伯爵家において、ずっと使用人のように扱われて生きてきたのだから。

おそらくベルタは、そのことに気付いている。

そして、ルーチェのことを己の主人に相応しくないと思っているのだろう。

(確かに私の身勝手で、オズヴァルド様の妻の座を埋めるわけにはいかないわね……)

ここでずっと名だけの妻として、のんびりと暮らせたらルーチェとしてはとても幸せだが、後継のことなどを考えたら、そうはいかないだろう。

彼に愛する女性ができたなら、妻の地位は開け渡さねばなるまい。

だがオズヴァルドから破談を申し出れば、多額の違約金が養父に支払われることになる。

よってその時が来たら、自分から破談にしてあげようと思う。もちろん養父への嫌がらせのためにも。

そんなことを考えながら、ルーチェは口を開く。

「ごめんなさいベルタ。私をオズヴァルド様の妻として、認められないのはよくわかっているわ。でもしばらくの間、ここで暮らさせてくれないかしら。……私、帰るところがなくて」

ルーチェの言葉に、ベルタがはっと息を呑《の》んだ。

「……いつか、オズヴァルド様が正しく相応しい奥様を迎えることになったら、私、ちゃんとここから出て行くわ。本当よ。約束するわ。だから……」

しばらくの間、この屋根裏部屋に住まわせてほしい。

そしてなんとかここにいられる間に、一人で生きて行くための術《すべ》を身につけて、ここを出たら自分を苛《さいな》んできた人間たちと、一切関わらない場所で暮らすのだ。

王都だから、職はいくらでもあるはずだ。働き口さえ見つかれば、一人でも生きていける。

ルーチェが頭の中で将来の展望を思い描いていたら、ベルタが慌てて言い募った。

「お待ちくださいルーチェ様！　誰がなんと言おうとも、貴女様だけが正しくオズヴァルド様の奥様となるお方です。他でもない、当主であらせられるセヴァリーニ侯爵閣下が決めたことですから。貴女は好きなだけ、この屋敷にいて良いんです。誰にも文句は言わせません！」

はっきりとそう言って、ベルタはルーチェに頭を下げた。正しく女主人に対するように。

いずれまた身一つで追い出されるであろう未来を想像していたルーチェは、胸をほっと撫《な》で下ろす。

ここをすぐに追い出されてしまったら、もうルーチェには後がない。

「ありがとうベルタ。心強いわ」

いずれはここを出て行くとしても。こうして味方になってくれようとする彼女が嬉しい。

それからベルタは何やら思案するような顔をしてから、ルーチェをまっすぐに見据えた。

不思議とその鋭い視線に、ルーチェの背筋が妙に伸びてしまう。

「ルーチェ様。いっそのこと、オズヴァルド様を落としてしまいませんか？」

「お、落とす……？」

ルーチェは驚きに目を見開く。ベルタは突然、何を言い出すのか。

「ええ、そうです。オズヴァルド様を恋に落とし、ルーチェ様にメロメロにしてしまうんです！」

「メロメロ……」

つまりそれは、オズヴァルドに色仕掛けをしろと言うことだろうか。

想像するだに面倒臭い。ルーチェは首を横に振った。

「ええと……私は別に愛されない妻でも全然良いのよ。ただ、この屋根裏部屋でひっそり暮らさせてもらえれば……」

「いけません。正々堂々愛され妻を目指しましょう！　名実共にオズヴァルド様の妻に！　ルーチェ様ならいけます！」

「えええええ……⁉」

ベルタは俄然《がぜん》やる気である。ルーチェとしては、オズヴァルドは観賞用には良いが、正直男性としては、今のところ全く魅力を感じていないのだが。

(そもそも政略結婚なのだし……愛は必要ないのではないかしら……？)

苦労続きのルーチェは、年若いながら現実主義者であった。

「どうぞこのベルタにお任せください！　オズヴァルド様の性格なら熟知しておりますので！」

ベルタが熱い。何やらよく燃えている。

だが、この共同戦線を機に、この屋敷の使用人を取りまとめているであろうベルタと仲良くできれば、ここでの生活はさらに良くなるかもしれない。

そしてオズヴァルドとの間にうっかり愛が生まれてしまったら、まあ、それはそれでいい。

ルーチェは、計算高くそう考え、「わかったわ。頑張ってみるわ」と無難に微笑んでみせた。

第二章　婚約者が屋根裏部屋から出てこないのですが

オズヴァルドは困惑していた。

追い出すべく屋根裏部屋に放り込んだはずの婚約者が、出ていかないのである。

それどころか、何故か毎日幸せそうに暮らしているのである。

最近では、なにやら窓辺に花を飾り始めた。

時折屋敷の外から、嬉しそうに窓辺の花を眺め、歌を口ずさむ彼女の姿が見える。

その花は祖父の時代から我が家で働く、セヴァリーニ家の気難しい庭師が与えたものらしい。

どうやらすっかり婚約者と仲良くなってしまったようだ。

『いやあ、ルーチェ様が毎日庭園にいらしては、「今日も素敵なお庭ね！　あなたが丹精に世話をしてくれているからだわ」なんて言ってくださるんですよ』

一体どうしたことかと庭師に聞いてみれば、ほくほくとそんな答えが返ってきた。

そこでオズヴァルドは、これまで自分の足で庭園を歩くことなど、ほとんどなかったことに気付く。

庭師も賃金を払われている以上、仕事は仕事として真面目に取り組んでいるのだろうが、主人に見てもらえない庭をただ世話している日々に、虚しさを感じていたのかもしれない。

そんなオズヴァルドの代わりに、婚約者であるルーチェが彼を労《いたわ》ってくれていたのだ。

(そりゃ、花を切って渡したくもなるだろうな……)

オズヴァルドは自分の不明さを、突き付けられたような気分になった。

それからは時折、仕事の合間に庭園を歩くようになった。

確かにこれは、気分転換になって良い。オズヴァルドはすっかり気に入ってしまった。

散策していると、時折花を愛でるルーチェを見かけた。

すれ違うと、にっこりと笑って会釈してくれる。

おかげでつい庭園の中に、ルーチェの姿を探してしまうようになった。誠に遺憾である。

彼女に会えたその日一日は、何故か不思議と浮かれた気分になるのは、きっと気のせいだ。

そして屋根裏部屋の質素なカーテンには、知らぬ間に綺麗な刺繍が踊っていた。

オズヴァルドはルーチェに、女主人としての家政への権限を一切与えていない。

つまりこの屋敷にいる間、彼女には特にすることがないのだ。

そのため暇だから「刺繍がしたい」というルーチェに、ベルタがどうやら裁縫道具一式と刺繍糸を与えたらしい。

『別によろしいでしょう？　刺繍糸くらい。坊っちゃまにはそんな甲斐性《かいしょう》もないのですか？』

事情を聞いてみたら、ベルタに虫ケラを見るような目で、そんなことを言われた。

ただ聞いてみただけであり、他意はなかったのに、いくらなんでも酷すぎる。

屋敷の外に出るたびに、思わずに見上げてしまう、屋根裏部屋の窓。

換気の為に開けられたそこからふわりと風に舞う、かつては味気ないベージュの無地だったはずのカーテンには、ルーチェの手によって、今では色とりどりの花が咲いていた。

時折ルーチェがその窓から顔を出して、外の風景を眺めている。

外にいるオズヴァルドと目が合うと、小さく手を振って、やはりにこりと笑ってくれる。

おかげで彼女が窓から顔を出してくれないかと、つい窓を見上げるたびに待ち望んでしまうようになった。誠に遺憾である。

窓から風を受け、気持ちよさそうに目を細める彼女を見ることができると、その日一日が幸運に恵まれるような気分になるのは、やはりきっと気のせいだ。

さらにその窓から覗く、かつて混凝土《コンクリート》の打ちっぱなしだった壁には、今では薄桃色の壁紙が貼られている。

こちらもルーチェが執事に頼み、伯爵家から持ってきた宝石を売って、購入した壁紙らしい。

『ルーチェ様が自費で贖《あがな》ったものにまで、文句を言われるつもりですか？　そんなみみっちい方だったとは……』

事情を聞いてみたら、執事のクリフにまで虫ケラを見るような目で、そんなことを言われた。

ただ聞いてみただけであり、他意はなかったのに。いくらなんでも酷すぎる。

今やすっかり屋根裏部屋はルーチェの手によって、若い女性が好むような、可愛らしい意匠《デザイン》の部屋になっているらしい。

しかもルーチェは使用人たちの手を煩わせることなく、毎日自分で部屋を掃除し、洗濯をして過ごしているようだ。

「こんにちは、オズヴァルド様」

時折屋敷の中でオズヴァルドとすれ違うと、ルーチェは礼儀正しく挨拶をしてくれる。

予定では今頃は睨まれたり毒吐《どくづ》かれたりするはずだったのだが。もう訳がわからない。

そして仏頂面のまま素っ気なく「ああ」としか答えられない自分が、ひどく情けない。

だがオズヴァルドのそんな態度にも、ルーチェは全く気にした様子がない。

彼女は屋根裏部屋で暮らしながらも、ちっとも卑屈になっていないのだ。

嫌がらせをしてやったはずなのに、ルーチェには全く響いていないようだ。

それどころかルーチェに微笑まれるたびに、オズヴァルドはうっかり「可愛いな……」などと思ってしまうのだ。

色々と響いているのはむしろオズヴァルドの方である。誠に遺憾である。

彼女が来てからというもの、セヴァリーニ侯爵邸は妙に華やいでいた。

「……ベルタ。最近、彼女はどうしてる？」

「……昨日もお伝えしたと思うのですが。今日も健やかにお過ごしですよ。そんなに気になさるなら、ご自身で話しかけたらどうです？」

オズヴァルドが聞けば、ベルタが呆れた顔で肩をすくめ、素っ気なく言った。

かつて、乳母でもあるベルタが、こんなにも自分に冷たかったことがあっただろうか。

（……失望された、ということだろうな）

オズヴァルド自身、ルーチェへの仕打ちを、今になって酷く後悔していた。

よって、自ら話しかけるなどできるわけがないのだ。

なんせ自分は、何も知らない彼女がこの家に来てすぐに、屋根裏部屋へ放り込んだ張本人なのだから。

それこそ、どの面下げて話しかければいいのかわからない。烏滸がましいにも程があるだろう。

「その面を下げるしかないんじゃないですか？　それにルーチェ様はまるで気になさっておりませんよ」

「……むしろ少しくらいは気にしてほしいんだが」

まるでオズヴァルド自身に興味がないと言われているようで、それはそれで何やら胸がモヤモヤする。我ながらどうしようもない。

「彼女は、食事をちゃんと摂《と》っているのか？」

「ええ。もちろん。ルーチェ様をご覧になればわかるでしょう？」

この家に来て三ヶ月。確かにガリガリに痩せていた彼女が、随分とふっくらして、花開くように美しくなっていた。

あんなに可愛くなるなんて聞いていない。目が離せなくて困るではないか。

「毎日美味しい美味しいって幸せそうにお食事をなさるので、料理人たちも喜んでおりますよ」

「……そうか」

感情を露《あら》わにするのは、淑女としては問題なのだろうが、ルーチェはその素直な気性から、すっかりここセヴァリーニ侯爵邸の使用人たちの心を掴《つか》んでいた。

皆、屋敷の屋根裏部屋に天使が住み着いた、などと宣《のたま》う有様だ。

おそらく使用人たちも、仕え甲斐のないオズヴァルドに、勤労意欲をなくしていたのかもしれない。

さらにはオズヴァルドのルーチェに対する所業に、「あんなに明るくて優しいお方に、何てことを……！」と、使用人たちの主人に対する心象は、日々悪化の一途を辿《たど》っている。

（……わかっているさ）

オズヴァルドとて、深く反省しているのである。あの時は、名案だと思ったのに。

今となっては、なんでそんな愚かな真似《まね》をしてしまったんだと、頭を抱えている。

（だって、あまりにも想像と掛け離れていたんだ……）

かの悪名高いアルベルティ伯爵の娘だ。浪費家で高慢な女が来るとばかり思っていたのだ。

だが蓋を開けてみたらどうだ。

ルーチェは浪費どころか、何一つオズヴァルドに求めてこない。

欲しがるものといえば、裁縫道具に刺繍糸、工具に壁紙や木の板といった贅沢《ぜいたく》とはかけ離れた品ばかり。

彼女は本当にただセヴァリーニ侯爵邸の屋根裏にひっそりと住み付き、日々楽しそうに幸せそうに暮らしているだけなのだ。

なぜ彼女は自分を責めないのだろうと、オズヴァルドが口にすれば、それを聞いた執事のクリフはなんとも言えない顔をした。

『オズヴァルド様は……まあ、なんだかんだ言ってお育ちがよろしいですからね……』

そして、目を逸《そ》らしながらそんなことを言われた。

その言葉の意味が、オズヴァルドにはわからない。

（俺は、これからどうしたらいいんだ……）

オズヴァルドは困り切っていた。

そんな主人の情けない顔を見て、ベルタはこれ見よがしに、一つ深いため息を吐いた。

「それほどまでに気になされるのでしたら、まずはルーチェ様とご一緒にお食事でもされたらいかがですか?」

そして生ぬるい目で、優しく提案をしてくれる。

どうやら話し合う機会を持て、ということらしい。

だがそれができたら、こんなに悩んではいないのだ。

そもそもどうやって、ルーチェを誘えば良いのかもわからない。

なんせオズヴァルドは軍隊生活が長すぎて、スマートさの欠片《かけら》もない男である。

「そんな簡単なことのように言わないでくれ……。そもそも話しかけ方がわからん……!」

「それなら私がルーチェ様に聞いて差し上げましょうか? 意気地のない坊っちゃまの代わりに」

「くっ………! た、頼む……!」

オズヴァルドは自尊心《プライド》を捨て、一世一代の勇気を出して、唯一救いの手を差し伸べてくれたベルタに縋《すが》った。

ベルタは困った子供を見るような目でオズヴァルドを見やると、もう一度ため息を吐いた。

その日一日ルーチェからの返事を待ちわびて、そわそわと緊張しながら仕事をしていると、執務室のドアがノックされた。

オズヴァルドは飛び上がるように席を立ち、「入れ」と許可を出す。

「失礼致します」

するとけな顔をした、ベルタが入ってきた。

「ど、どうだった……?」

「本日夕食を一緒に摂ってくださるそうです。お優しいルーチェ様と気が利く私に感謝なさいませ」

「……本当か!　でかした!」

「ですが、これが最初で最後の機会《チャンス》ですからね!　しっかり話し合ってくださいよ!」

「ああ。ありがとうベルタ!」

そしてオズヴァルドはこれまでにない速度で仕事を終わらせると、クローゼットを開けて着る服を悩んだ。

数回、着ては脱いでを繰り返し、姿見の前であらゆる角度で確認しながら悩みに悩んだ上で、結局一番最初に着た無難な服に落ち着いた。

一体なんのための時間だったのかと、自分に呆れる。

こんなに真剣に着る服を選ぶのは、生まれて初めてかもしれない。

侯爵家の次男として生まれ、これまであまり人の目を気にせずに生きてきた。

そんな自分が、今、他人によく思われたいと思っている。なんとも不思議な感覚だ。

いつもの時間より早く、いそいそと食堂に行くと、席に座りルーチェを待つ。

やがて扉が開き、ルーチェが入ってきた。オズヴァルドの心臓が大きく跳ねる。

「お待たせしました。こんばんは、オズヴァルド様」

「あ、ああ。良い夜だな」

裏表のない笑顔を浮かべるルーチェは、今日もとても可愛い。

惜しむらくは、流行に外れた檸檬《れもん》色のドレスを身に纏っていることだ。

彼女は普段使いの服を一切持たされずにこの屋敷に送り込まれたようで、一度着た服は二度とは着なかったオズヴァルドの母が大量に残していったドレスを、自分で手直しながら着ているらしい。

この屋敷に来てすぐの頃、オズヴァルドの母が残したドレスを使わせてほしいとルーチェに請われ、許可を出した。

今彼女が身につけているドレスも、遠い昔に母が着ていた記憶が微《かす》かにある。

物には罪はないのだが、少し不愉快な気持ちになった。

「……近いうちに、新しいドレスを、用意させよう」

「あ、やっぱりお母様の大切なドレスを私なんかが着たらご不快ですよね。申し訳ござ……」

「違う！　そういう意味じゃない！」

慌てて大声を出してしまい、オズヴァルドはすぐに口を噤《つぐ》む。

明らかにルーチェが、怯えた表情を見せたからだ。

図体《ずうたい》のでかい男が大声を出したら、確かにか弱い女性には怖いだろう。

「そんな古びたドレスではなく、君にはもっと流行に合った新しいドレスを着てほしいんだ」

するとルーチェが驚いたらしく、元々丸い目をさらに丸くしている。

「ですが、まだお母様のドレスがたくさんあって、勿体無いですし。それに私、お金の手持ちがあまりなくて」

「俺が買うに決まっているだろう！　流石に婚約者のドレスを買うくらいの甲斐性はある！」

また大声を出してしまった。我ながら本当に堪《こら》え性《しょう》がない。

どうやらルーチェは、オズヴァルドの先ほどの言葉を、自分の金で新しいドレスを買えという意味に誤認したらしい。なにやらきょとんとした顔をしている。

この状況で、なぜそんな受け取り方になるのか。オズヴァルドは心底理解ができない。

すると、ルーチェもまた理解ができないように、不思議そうに首を傾けた。

「ですが、オズヴァルド様に買っていただく理由がありません。婚約者と言っても、私は名だけの婚約者ですし」

申し訳ないと恐縮するルーチェに、オズヴァルドは何も言い返せず、小さく唇を噛み締めた。

ほとんど会話せずにいても、三ヶ月以上同じ屋根の下で生活していれば、わかることもある。

ルーチェは、アルベルティ伯爵家において、まともな扱いを受けていなかったのだ。

だから何かを与えられることに、慣れていない。必要以上に恐縮してしまう。

『着替えの手伝いをさせていただいた時、ルーチェ様の背中に、無数の傷痕を確認いたしました。……おそらくは鞭によるものでしょう』

ここにルーチェが来たばかりのころ、そんなことをベルタから報告された。

彼女は、アルベルティ伯爵家で虐待を受けていたのだ。

あの細すぎる体は、満足に食事を与えられていなかったから。

掃除も洗濯もなんでも一通りこなせるのは誰も代わりにやってくれなかったから。

(……こんなに可愛い娘なのに、なぜ)

もし自分にルーチェのような娘がいたら、猫可愛がりしてしまう自信がある。

もしかしたら、この婚約を強引に推し進めた祖父は、オズヴァルドを結婚させるためというより、むしろルーチェの窮状を知り、彼女を助けるために、この婚約を取り付けたのではないだろうか。

(だったら先にそう言え！　あの狸爺《たぬきじじい》……！)

祖父の他人を試すようなあの感じが、根は素直なオズヴァルドにはどうも受け付けないのだ。

おかげでオズヴァルドは、彼女に取り返しのつかないことをしてしまった。

「……だとしても、君が俺の婚約者であることに間違いはない。それくらいのことは、させてくれ」

罪滅ぼしのような、気分だった。

――先入観で愚かな真似をしたことに対する。

ルーチェはやはり眉を下げ、困ったような顔をした。

やがて料理が運ばれてきた。いつも通りのなんでもない前菜に、ルーチェが目を輝かせる。

そして、神への祈りを捧《ささ》げた後、綺麗な所作で食べ始めた。

やはり平民ではあり得ない。貴族令嬢として、きちんと躾《しつ》けられた所作だ。

だが一口食べるたびに、頬を緩ませてうっとりしているのが、なんとも可愛らしい。

感情を素直に顔に出すのは、本来貴族令嬢としてはあまりよろしくない。だが可愛い。

「美味しいですね……！　酢《ビネガー》が効いていて。すっきり食べられます！」

そして彼女は一つ一つの料理の味の感想を述べていく。

それを聞いていると、確かにいつもより美味しい気がしてくるから不思議だ。

これまでオズヴァルドは、自分の家の食事を当たり前のものとしていて、特に味を気にすることもなかった。

だが美味しそうに食事をしているルーチェを見ているだけで、妙に満たされた気持ちになる。

もっと美味しいものを食べさせてやりたい、とさえ思う。

食事を終えれば、紅茶とデザートが運ばれてくる。

お腹がいっぱいになったからだろう。

ほくほくと幸せな顔をしているルーチェに、オズヴァルドは口を開いた。

「――君はこんな扱いを受けているのに、どうして怒らないんだ？」

来て早々屋根裏部屋に放り込まれ、女主人としての権限も一切与えられず、婚約者は自分に興味を示さない。

——我ながら最悪である。もっと彼女は、怒っても良いはずなのだ。それなのに。

するとルーチェは目を見開き、それから声を上げて笑った。

「だって、居心地が良いんですもの」

「……屋根裏部屋のどこが居心地がいいと言うんだ？」

屋根裏は本来ならば物置か、せいぜい使用人の部屋として使われる部屋だというのに。

ルーチェはその屋根裏部屋にせっせと手を加えながら、いつも楽しそうに過ごしている。

「あのですね、オズヴァルド様。本当に私を怒らせてここから追い出したいのなら、何年も掃除されずに埃と鼠だらけで、さらには雨漏りと隙間風のある屋根裏部屋に放り込み、黴《かび》だらけの寝具で寝かせ、半ば腐っている残飯を与えて、使用人たちに私へ嫌がらせをするように指示すれば良いのですよ？」

そのあまりの非人道的な内容に、オズヴァルドは愕然《がくぜん》とする。

それはまるで悪魔のような所業だ。オズヴァルドには想像もつかないような。

「君のようなか弱い女性に、そんなひどい真似、できるわけがないだろう！」

オズヴァルドは、もし婚約者がすぐに出ていくことを選ばなかった時のために、ベルタに屋根裏部屋を不自由なく住めるよう、調えさせていた。

また食事に関しても、自分が食べているものと同じものをルーチェに出させていた。

オズヴァルドの剣幕《けんまく》に、ルーチェはまた目を丸くして、それから小さく吹き出した。

「オズヴァルド様って、つくづく良い方なんですねぇ……」

しみじみと言われ、そこでオズヴァルドは気付いた。

ルーチェが今並び立てた、およそ人に対するものではない、あまりにも酷い待遇。

それらは全て、養父と養母から、ルーチェがこれまで受けてきたことなのだと。

そして彼女には、もう、帰る場所なんてないのだということも。

激しい怒りが、オズヴァルドの中に湧いた。

ルーチェの家族に。――そして自分自身に。

（……何をやっていたんだ。俺は）

人に酷いことをされたからといって、それが人に酷いことをしていい理由にはならないのに。

「……すまなかった」

素直に、言葉が漏れた。許してもらえるとは思っていないが、どうしても伝えたかった。

するとルーチェは小さく笑って「人から謝られたのは、随分と久しぶりです」と言った。

これまで多くの人間が彼女を踏みつけながら、誰一人として彼女に謝罪することはなかったのだ。

やりきれない思いが溢れ、オズヴァルドの胸が、焦燥で焼けた。

この哀れな娘を、なんとかしてやりたいと思う。——自分本位な感情。

「オズヴァルド様だって、望まない結婚を押し付けられて悩み苦しまれたのですもの。それに抗いたいと思うのは、ごく自然なことだと思います」

だというのに踏みつけられることに慣れてしまったこの少女は、それらをなんとも思わないのだ。——これまでに受けた傷が深過ぎて。

「……俺の悩みや苦しみなど、大したことではない」

しかも、それを何もしていないルーチェに向けたのは、ただの八つ当たりだ。

本当に、大したことではなかった。ルーチェの傷を見た今なら、そう言い切れる。

浪費家だったオズヴァルドの母は、彼女のために金を稼ごうと仕事ばかりしていた父に愛想を尽かし、「寂しかったから」と言って若い男と家を出ていった。

そのくせ厚顔にも、離婚後も父に金の無心をしていた。

母の新しい夫は若く野心家で、幾つも事業を抱え、やたらと金が掛かるそうだ。

未練があった父が、言われるがまま母に金を渡していたのだと聞いて、オズヴァルドは心底呆れ果てた。あの女のどこにそんな価値があったのか。

もちろん父が死んでからは、一切金を渡していない。

若くて優秀だという今の夫が、そろそろ成功した頃だろうから、彼に養って貰えば良いのだ。

今でも息子にもしつこく金の無心をしてくるあたり、残念ながら彼女の期待通りにはなっていないようだが。

先日は「このままでは死ぬしかない」とまで泣きつかれたが、オズヴァルドとしては、正直夫婦揃って野垂れ死んでもらっても一向に構わないと思っている。

そしてかつてのオズヴァルドの婚約者もまた、オズヴァルドが戦場に行っている間に他に男を作っていた。

やはり母と同じように「だって寂しかったんだもの」と彼女は言った。

婚約者は膨らんだ腹を抱えて、死ぬような思いをして戦場から帰ってきたオズヴァルドの元を、被害者面をして去って行った。

戦争に行って二年。確かに彼女の大事な結婚適齢期を奪ってしまった自覚はある。

だが彼女とは幼い頃からの婚約者であり、愛があったとは言わないが、情のようなものは確かにあったはずなのに。

なんのために生きて帰ってきたのか、わからなくなってしまった。

どこか自暴自棄になってふらりとまた紛争の続く国境に行き、命を惜しまず戦い続け、兄が亡くなったことで家に帰ってみたら、また祖父によって勝手に新たに婚約を結ばれていた。

ふざけるな、と思った。結婚をする気はとうに失《う》せていた。

何もかもが面倒だった。これ以上、深く人と関わるのが億劫《おっくう》だった。

目の前で容易《たやす》く命が散っていく戦場で、オズヴァルドの心は疲弊していた。

もう、したくないことはしないで生きていきたいと、何にも心を煩わされたくないと、そう思ってしまったのだ。

「だからもう、結婚などごめんだと、女などと関わりたくないと、そう思った」

頭の中を整理したくて、己の事情をルーチェにつらつらと話してみた。

すると、真面目に聞いてくれている彼女に申し訳なくなるくらいに下らなかった。

我ながら、思わず失笑してしまう。

「口に出してみたら、思った以上に馬鹿馬鹿しくて、自分でも驚くな」

全てがどこにでもある、どうしようもない話だ。

何故こんな下らないことで、こんなにも苦しんでいたのだろう。

自虐して肩を竦めたオズヴァルドに、それでもルーチェは真剣な表情を崩さなかった。

「……下らなくなんて、ないですよ。他人の痛みと自分の痛みを混同してはいけません」

オズヴァルドはルーチェを見つめた。その理知的な、薄紫色の目を。

何故だろうか。不思議と圧倒される。その目に、どこか既視感がある。

「あなたより不幸な人間がいたからといって、それであなたの傷の痛みが軽減されるわけではないんです」

それからルーチェは、労わるような笑みを浮かべ、祈るように胸の前で手を組んだ。

「真面目でお人好しなあなたを傷つけた人たちが、みんなみんな不幸になりますように」

「ふっ……」

ルーチェのあまりに露骨な言い方に、オズヴァルドは吹き出して笑ってしまった。

人の不幸を願うのは、確かに悪いことだと思うのに。

彼女が自分のために祈ってくれたことが、嬉しい。

「俺のために不幸を祈ってくれるのか」

「ええ。嫌いな人の不幸を願うのは、人間として普通の感情ですから」

だったら自分も、彼女に不幸を祈られないようにしなければ、とオズヴァルドはまた笑う。

「でもオズヴァルド様。自分が幸せになることは諦めてはだめですよ。だって頭にくるじゃないですか。そんなどうしようもない人たちのせいで、傷ついたあなたが不幸なままだなんて」

「……それもそうだな」

「大体今頃あなたの前の婚約者様は、『オズヴァルド様がいまだに結婚をなさらないのは、きっと私のことを引きずっておられるからだわ。私ったら罪な女』とかなんとか思って、自己憐《れん》憫《びん》に浸ってうっとりしてますよ。悔しくないですか、そういうの。――――私は、悔しい」

どうやら自分こそが他人と己の感情の境界があやふやらしい。ルーチェはオズヴァルドに感情移入しすぎて、勝手に色々と想像してしまったらしく、目を潤ませていた。

なぜかオズヴァルドは、そんな彼女に心が慰撫《いぶ》され、報われた気持ちになった。

大したことではないと、ずっと思っていた。

だが本当は、自分の弱い気持ちを誰かに聞いて欲しかったのかもしれない。

「そしてオズヴァルド様は、絶対に幸せにならねばならないのですよ！」

「そうか」

「そうです！」

強く言い切るルーチェの顔が、まるで天使のように見えた。

「『いやあ、君が浮気して婚約破棄をしてくれて助かったよ。おかげで俺は今、こんなに幸せだ』くらいのことを言ってやりましょう！」

「そうだな」

「逃した魚は大きかったと、元婚約者に見せつけてやるのです……！」

拳を握りしめて熱弁するルーチェに、また笑みが溢れる。

きっと前の婚約者といても、ルーチェと共にいる時のように、幸せな気持ちになることはなかっただろう。

オズヴァルドはほっこりと温かな気持ちになって。

「というわけで。オズヴァルド様に好きな女性ができたら、ぜひ遠慮せずに言ってくださいね！　その時は叱咤激励《しったげきれい》の上、可及的速やかに身を引いて差し上げますので！」

その後に続くルーチェの満面の笑みでの言葉に、冷や水を浴びせられた気分になった。

「――――は？」

自分でも驚くほどに、低い声が出た。ルーチェも驚いたのか、小さく飛び上がる。

「ええと……まあ、幸せは恋や結婚に限りませんもんね！」

「………………」

何やら勝手に解釈をして、うんうんとルーチェがしたり顔で頷いている。

どうやらオズヴァルドが独身主義者であることを、尊重しているらしい。

オズヴァルドがこんなにも不愉快になっているのは、全くもってそれが理由ではないのだが。

「……ルーチェ」

その名を呼べば、また彼女は小さく飛び上がり、驚いた顔をした。

そういえば、彼女の名を呼ぶのはこれが初めてだった。

我ながら、本当にどうしようもない婚約者だと自嘲する。

「……君の部屋を移そう。屋根裏から、階下の部屋へ」

本来の、女主人がいるべき部屋へ。彼女が受けるべきだった待遇へ。

そうすればルーチェに対するオズヴァルドの思いも伝わるだろうと。――そう思ったのだが。

「いえ、結構です！　私はあの屋根裏部屋を気に入っていますので！」

ルーチェはからりと笑い、爽やかにきっぱりと断った。

「…………え？」

彼女を正当に扱おうとしたのに、拒否された。オズヴァルドは衝撃を受ける。

「ど、どうして……」

ルーチェには帰る家もなく、金を稼ぐ術もない。

そんな状態で、何故あえて不安定な状況に甘んじるのか。

そこまでして、オズヴァルドの妻にはなりたくないのか。

「私、オズヴァルド様に十分良くしていただいていますから。これ以上を望んだらバチが当たってしまいそうで」

「…………」

ルーチェは多くを望まない。それを失った時に耐えられないからだ。

最初から望まなければ、期待しなければ、裏切られても心の損傷は少なく済む。

つまりオズヴァルドは、まだ彼女の信頼を得られていないということだ。

自分はいずれ心変わりをして、彼女をこの屋敷から追い出しかねない存在だと思われている。

(そりゃそうだろうよ……)

これまでの彼女への己の対応を思い出し、またしてもオズヴァルドは頭を抱えた。

信頼など、得られるわけがない。あまりにも子供染みた、愚かな行動をとった自分が。

――それなのに、今になって。この少女を救いたいと傲慢にも思ってしまったのだ。

彼女がもう食事を抜かれたり、鞭打《むちう》たれたりしないよう。守りたいと。

このままの関係では、物足りない。できるなら、彼女の特別になりたい。

ルーチェが困った時に、頼ってもらえる人間になりたい。

（なんとか食い下がれ……！　お前の下らない自尊心など、知ったことか……！）

焦ったオズヴァルドは、必死に口を開いた。

「それならせめて、食事を一緒に摂らないか。夕食だけでも良い。俺は、君のことがもっと知りたいんだ」

ここにもしベルタがいたら、「坊っちゃまもやればできるんですね！」と涙ながらに感激してくれたことだろう。

それくらいにオズヴァルドは頑張った。なんとか己の愚行を挽回《ばんかい》する機会がほしいのだ。

「オズヴァルド様、お忙しいのではないですか？」

「大丈夫だ。全然忙しくない。たとえ忙しかったとしてもなんとかする」

「ですが……」

「頼む……！」

自分でも驚くくらいに食い下がった。やればできる男である。

するとルーチェは、困った顔をしつつもオズヴァルドの必死さに折れてくれたようだ。

「……分かりました。ではまた明日」

言質を取ったオズヴァルドは心の中で自身に喝采を送る。良く頑張った！　自分！

「ああ！　また明日！　必ずや君の好きなものを用意させよう！」

「このお屋敷のお料理は、なんだって美味しいですよ」

ルーチェは小さく笑い、食事を終えると、綺麗に一礼し屋根裏部屋へと戻っていった。

オズヴァルドが一人喜びを噛み締めていると、食堂にベルタがやってきた。

「失礼します、オズヴァルド様。首尾はいかがでしたか？」

「ベルタ。俺はルーチェを妻にするぞ」

「そもそも婚約者でしょうが。今更なにを……」

「――名実共に、ということだ」

そんなオズヴァルドの言葉に、ベルタはわずかに目を見開き、それからしてやったりとばかりに笑った。

「どうやらオズヴァルド様の目が節穴ではないようで、安心しました。あのような方はなかなかいらっしゃいませんよ」

褒めているのか貶《けな》しているのかわからないベルタの言葉に、オズヴァルドは頷く。

「近く、領地に行って祖父《じい》様に会ってくる」

ルーチェが書かされたという結婚誓約書は現在祖父の手元にあり、オズヴァルドが署名して神殿に提出すれば、いつでも婚姻は成立する。

いつか見つけて破り捨ててやろうと思っていたが、今ではむしろお守りとして手元に持っておきたい所存である。

祖父が呆《ぼ》けてうっかり捨てたりしないよう、手元で厳重に管理しなければ。

いざとなったら、強制的かつ合法的にルーチェを手に入れられる大切な手段なのだ。

もちろんこれは最終手段。切り札というやつである。

ちゃんと彼女に、自分自身を必要としてもらうために、最大限努力するつもりだ。

「すっかりルーチェ様にメロメロでございますね……。当初はあんなにも鬱陶しがっておられたのに」

呆れたようにベルタが言った。その通りすぎて何も言えず、オズヴァルドは羞恥で俯《うつむ》いた。

「まあ、昔から坊っちゃまは、羽を痛めた鳥やら、捨てられた子猫やらをやたらと拾ってくる方でしたしね……」

「……うるさい」

「相変わらず可哀想なものに弱くていらっしゃる……」

「……そんなんじゃない」

「でも、そうやって拾ってきた子達を、あなたは一度だって途中で放り出したりはしませんでした。ご自分でその一生を面倒見ていらした」

ベルタが乳母として誇らしげに笑う。それは、オズヴァルドに対する信頼だ。

「どうぞルーチェ様のことも、そのように大切にしてくださいませ」

――もちろん、言われずともそのつもりだ。

それ以降、オズヴァルドは望み通り、ルーチェと共に食事を摂るようになった。

基本的に夕食を、時間が合えば朝食と昼食も。

会う時間を増やせば、少なからず情を持ってもらえるのではないか、というオズヴァルドの策略である。

毎日ルーチェと同じ食卓で、同じ物を食べる。

それだけでもオズヴァルドは、満たされた気分になる。

人と囲む食卓が、こんなにも楽しく愛《いと》おしい物だったとは、知らなかった。

物心つくかつかないかの頃に母は出て行ったし、父も仕事に忙しく、ほとんど食卓を共にすることはなかった。

ルーチェは暇な時間、書庫に入り浸って本を読んでいるらしい。

思った以上に博識で、話していると非常に面白い。彼女の話を聞いていると、あっという間に時間が溶けてしまう。

こんなにも日々の食事を、楽しめる日がくるとは思わなかった。

食後は、共に庭園を散歩する。

共にいられる時間を少しでも引き延ばしたくて、『腹ごなしに少し歩かないか？』と誘ったところ、ルーチェが快諾してくれたのだ。

彼女の小さな手を引いて、庭園を歩けば、見慣れた風景が途端に色めく。

ルーチェは、いつも機嫌良く楽しそうにしている。

花が綺麗だと足を止め、蝶《ちょう》を見つけたと足を止め、良い天気だと目を細める。

彼女の目に映る世界は、きっとオズヴァルドの目に見える世界より、色鮮やかなのだろう。

辛い状況にいたはずなのに、彼女からは擦れた感じがまったくしない。

くだらないことでいじけていた自分が、最近ではひどく小さく思えるのだ。

散々ルーチェをいたぶってきた実家であるアルベルティ伯爵家からは、頻繁にルーチェ宛の手紙が届いた。

それらは全て、ルーチェには届けずオズヴァルドの元へ持ってくるよう、執事に命じていた。

書かれていることは、想像通り、全て金の無心だった。

ルーチェに振り分けられているであろう、侯爵家からの予算を寄越せという。

更には、早くこの婚約をオズヴァルド側から破棄させるよう、強い調子で求めている。おそらくは多額の違約金が目的だろう。

ルーチェをあれだけ酷い目に合わせておきながら、のうのうとこんなことを要求してくるその厚顔無恥さにオズヴァルドは苛立《いらだ》つ。

（ふざけるなよ……）

オズヴァルドは毒吐く。

ルーチェを手放す気など毛頭ない。あんな奴《やつ》らのところへ返すなど冗談ではない。

(とっとと破産でもなんでもしてしまえばいい)

それらの手紙は、もちろん全てオズヴァルドが握り潰し、ルーチェの手に渡ることはなかった。彼女をこんなことで煩わせたくはない。

ルーチェにあんな家族のことを、思い出させることすら厭《いと》わしいのだ。

そのうちオズヴァルドにも、アルベルティ伯爵から『娘と話す機会がほしい』などという娘を心配する父親といった体《てい》の手紙が来た。

手紙の返事をよこさぬルーチェに焦《じ》れ、直接本人に会って脅すつもりなのだろう。

もちろんこちらもオズヴァルドは無視した。会わせてやるつもりなど、これまた小指の先ほどもない。

(ルーチェにはもう、優しい世界だけをあげたいんだ)

彼女は散々苦しんできたのだ。これ以上、汚いものや醜いものを見る必要はないだろう。

そしてオズヴァルドは今日も、いそいそと、屋根裏部屋までルーチェを迎えに行く。

その姿を呆れたようにベルタとクリフが見ているが、気にしてはいけない。

粗末な木の扉をノックすれば、「はーい！　今行きます！」と元気な声が聞こえる。

その声を聞くだけで、オズヴァルドの胸が弾む。

「お待たせしました！」

扉が開くと、オズヴァルドはそこから光が差し込むような錯覚に陥る。

それくらいに、ルーチェの笑顔が眩《まぶ》しいのだ。

彼女の背後に見える屋根裏部屋は、かつて自分が知っていたものとは全く違う、明るい雰囲気だ。相変わらず自分の手でせっせと改装に励んでいるらしい。

「こんばんは、オズヴァルド様」

「ああ。こんばんは。ルーチェ」

ドレスの裾を持ち、挨拶をするルーチェ。そして彼女はその場でくるりと一回転する。

するとふわりとシフォン生地のドレスの裾が舞って、まるで妖精のようだとオズヴァルドは目を細める。

彼女が身につけているのは、先日オズヴァルドが買い与えたドレスだ。

王都の高級服飾店の外商を屋敷に呼び付けて、恐縮のあまり「身に余りますぅぅぅ……!」などと呻《うめ》き挙動不審となったルーチェを無理やり同席させ共に選んだ。

柔らかな薄桃色の絹に、金糸で花柄の刺繍が施してあり、今流行《はや》りのふわりと裾が広がる形のものだ。やはり、どこからどう見ても妖精である。

「あの、この前買っていただいたドレスなんです。どうですか……?」

笑顔ながらも、どこか不安そうにおずおずと聞いてくるルーチェが、やはりとても可愛い。

可愛い、としか思い浮かばないのは、オズヴァルドの語彙力がお粗末だからである。

「……よく似合っている」

口を開けばとんでもないことを口に出してしまいそうで、オズヴァルドはそれだけを言うのが精一杯だった。

ルーチェが嫌な思いをしないように、最低限の賛辞。

だがルーチェは、そんなそっけない言葉だけで、嬉しそうに笑った。

人に褒められることが、これまでほとんどなかったからなのだろう。

だから彼女はいつも、酷く些細なことで喜ぶ。

（ルーチェはもっと、欲張っても良いと思うのに）

ならば、とオズヴァルドは調子に乗って口を開いた。

誰も彼女を褒めないのなら、無い語彙力を振り絞って、自分が褒めればいいのである。

「……本当に可愛い。まるで春の妖精のようだ」

すると自分でも驚くくらいに、甘い声が出た。

我ながら気持ちが悪くて、少し肌が粟立《あわだ》つくらいに。

だが、それを聞いたルーチェの顔が、ぶわっと真っ赤に染まった。

「ほ、褒めすぎでは……!?」

おどおどとそんなことを言うルーチェはやはり可愛い。この初心《うぶ》さがたまらない。

「また近く外商に君に似合いそうなドレスを持ってこさせよう。季節も変わることだしな」

した。


「ま、待って下さい! もう十分にいただいてます! 流石にこれ以上は……」

「いや、侯爵夫人としてはまだ全然足りない。君も母の衣装部屋を見ただろう?」

オズヴァルドは先日、母が残した衣装や宝飾類、靴や帽子に至るまで全てを売り払い、処分した。

ルーチェが、あの女の色褪せた古い衣装を着ているのが、我慢ならなかったからである。

彼女には、彼女のためのドレスを着せたかった。もちろんオズヴァルドのわがままである。

『も、物には罪がないのでは……!?』

オズヴァルドと母との確執を知っているとはいえ、堆《うずたか》く積まれたそのあまりの量に、ルーチェは泡を吹いていた。

だが空になった母の衣装部屋を見たら思いのほか清々したので、もっと早くそうすればよかったと反省した。

そして母の衣装類を処分したことを理由にして、ルーチェのためにドレスや帽子、靴に宝飾品までを買い漁《か あさ》ったのである。

おかげでオズヴァルドは、毎日己の買い与えたドレスや宝飾類で綺麗に着飾ったルーチェを眺めることができる。これぞ生きた金の使い方である。

やたらと妻を甘やかし、物を買い与えまくった亡き父と結局ほぼ同じ道を辿っているが、気にしてはいけない。

「オズヴァルド様。いつもありがとうございます。大切にします」

ルーチェが深々と頭を下げる。彼女はいつも、何かを与えられるたびに申し訳なさそうにしている。

これまで新品を買い与えられること自体、ほとんどなかったのだろう。

(……全然大したことではないのにな)

かつての母に比べれば微々たるものだ。だがルーチェからすると、目を回しそうになるほど贅沢に感じるのだろう。

「ですが、本当に、これ以上は……」

ルーチェは恐縮しているが、オズヴァルドとしてはもちろん止める気はない。これからもせっせと買い与える気満々である。

なんせ経済を回す為、金持ちが金を使うのは義務のようなものなのだから。

よって曖昧に微笑むだけで、明確な答えは返さなかった。

物持たぬ彼女にこれでもかと物を与えれば、これまでの最悪な心象が少しは良くなるかもしれないし、さらに尽くされても何も返せない罪悪感で、ルーチェがここから離れられなくなるのではないかという思惑もある。

(もう、逃す気は無いが)

エスコートしようと手を差し伸べれば、恐る恐るながらルーチェの小さな手が置かれる。

壊れやすい物を扱うように、そっと優しくその小さな手を握り込む。

すると、ルーチェの頬がまた朱を帯びた。今日も最高に可愛い我が婚約者である。

全体的にふっくらして、年頃の娘らしくなったからか、もともと可愛かったのに、さらに美しく可愛くなってしまった。

おかげでオズヴァルドの心臓は、今日も忙《せわ》しない。

ルーチェの手を引いて、食堂へと歩き出す。彼女の手は細くて白いながらも、労働を知る手だ。

ところどころの皮に厚みがあり、爪には白い筋がいくつも入っている。

この手をしっかり見ていれば、気づいたはずなのだ。

彼女が守り甘やかされて育った、わがままなご令嬢などではないことを。

「いつも迎えに来ていただいて申し訳ありません。お仕事は大丈夫ですか？」

「大丈夫だ。問題ない」

ルーチェとの食事を前にすれば、積まれた仕事など瑣末《さまつ》である。

「お忙しかったら、無理はなさらないでくださいね」

今日も婚約者が優しい。可愛い上に優しいなんて、これはもうこの世に生まれてきてくれたことに感謝するしかない。

「君は今日一日どう過ごしていたんだ？」

「ええと、部屋の壁が寂しいので、飾る絵が欲しいな、と思って」

「そうか、では今度、共に画廊に行こう」

これは逢引《デート》をする機会《チャンス》である。オズヴァルドは速攻で食いついた。

大御所画家の絵でも、新鋭画家の絵でもなんでも買ってやろうと意気込んだところで。

「いえ、だったら自分で描いてみようと絵の具と画布《キャンバス》を買ったんです！　ほら、自分で絵を描いたら、画材代だけで済むじゃないですか。どうせ絵の良《よ》し悪《あ》しなんて私にはわかりませんし」

だが、ルーチェの貧乏性は筋金入りであった。

彼女の中に、絵を『買う』という選択肢はなかったらしい。

（どうしてそんな発想になるんだ……？）

オズヴァルドには全く理解ができない。だがルーチェは絵を描くことが思いの外楽しかったようで、顔を上気させて語っている。

「それで適当に描いてみたんですけど、これが案外抽象絵画っぽく描けたんです！」

「そ、そうか……。では今度ぜひ観せてくれ」

「それで次はその絵を飾る額縁を作ろうと思いまして。明日、薪用の木をいくつか譲ってもらう予定なんです」

どうやら額縁までも自作する気らしい。何故だ。

「……それくらいは、買った方が早くないか？」

明らかに買ってしまった方が楽であろうし、美しいだろう。

物を贖うことに抵抗のない、貧困を知らぬオズヴァルドには理解できない思考である。

「それはそうなのですが。自分の手で作るその経過も楽しいんですよね。時間もありますし」

「…………」

ルーチェはここに来る前、養女でありながら使用人のように使われていたのだという。

だがここに来てからは、ベルタが彼女の身の回りのことをしているし、かといって女主人として家政に携わるわけでも社交に携わるわけでもないので、時間が有り余っているのだろう。

だからといって遊び暮らすのも、何もせずにじっとしているのも、性に合わないらしい。

よって、日々自分の手で屋根裏部屋の改装に励んでいるのだ。

「……ルーチェ。やはり、屋根裏部屋を出ないか？　そして、私の隣の部屋に移ってほしい」

オズヴァルドの部屋と内扉一枚で繋がっている、女主人の部屋に。

それはオズヴァルドにとって、ルーチェへの求婚のような意味合いになっていた。

どうか正しくこの屋敷の女主人になってほしい、という。

気さくで優しいルーチェは、この屋敷の使用人たちからも、絶大な人気がある。

さらにオズヴァルドがルーチェを憎からず思っていることも、皆察しているようだ。

よって最近は使用人たちからの「逃すなよ……！」という圧が凄い。

おそらく彼女が正しくオズヴァルドの妻となったところで、この屋敷で反対する者などいないだろう。

もうこれまで数え切れないほど伝え続けた言葉だ。

けれど、彼女から帰ってくる答えはいつもと同じ。

「いいえ、私にとって、屋根裏部屋は天国ですので！」

それは、オズヴァルドの妻になど、なる気はないのだと言われているようで。

その度にオズヴァルドは落胆し、鬱々とした気持ちになる。

「……だって、本当に素敵な部屋なんですよ？」

自分が断ったことにより、オズヴァルドが落ち込んだことに気付いたのだろう。

慌ててルーチェが労わるように、屋根裏部屋の魅力について語る。

「天井は少々低めですが、普通の部屋よりも遥かに広いので、床の上を走り回ることができます。もちろん階下の迷惑になるのでやりませんが。そして大きな天窓が付いているので、昼は日差しが入って部屋の中が明るく、夜は美しい星と月が見えるんです。初めてあの部屋で眠った時、ベッドから美しい星空が見えて、なんて素敵なんだろうって感動したんですよ」

多くの人たちに虐げられながら、ルーチェの心は優しくまっすぐだ。

よくぞこの健やかな精神が守られたものだと、オズヴァルドは嘆息する。

「どんなに贅を凝らした天井も、あの星空には敵《かな》いません」

うっとりと目を細めるルーチェ。確かに、夜空を見ながら眠れば、良い夢が見られそうだ。

「だから、私は屋根裏部屋のままで、いいんです」

嫌われては、いないのだろう。ただ、好かれてもいないだけで。

どうやら道はまだまだ遠そうだと、オズヴァルドが遠い目をした、その時。

「そうだわ！　オズヴァルド様、今夜、私の部屋に来ませんか？」

愛しい女に突然、夜の私室へ招かれて。

「………………え？」

思わずオズヴァルドは、間抜けな声を漏らしてしまった。

第三章　屋根裏部屋で愛を語ろう

しまった。とルーチェは思った。

明らかに激しくオズヴァルドが動揺している。

何故かと言えば、自分が私室に誘ったからである。──しかも、夜に。

(夜に寝室に誘うって、完全にダメなやつでは……?)

破廉恥である。ふしだらである。つまりは大問題である。

そのことに気付いてしまった瞬間、ルーチェの全身から血の気が引き、顔にだけ熱が集まる。

ただ、自分の部屋の寝台から見える星空が綺麗だから、一緒に見てみないか、というお誘いだったのである。──他意は、なかった。

(って、寝台ってあたりで完全にダメでしょう……?)

だが口に出してしまった言葉は、もう決して戻らないものなのである。

だから言葉にはくれぐれも気をつけなさいと、亡き母にもよく注意されていたのに。

(この、私の考えなし……!!)

名だけの婚約者に寝台に誘われるなんて、オズヴァルドが一番嫌がるやつではないか。

なんせ彼は貞操観念のない女性を心底嫌悪しているのだから。

ごめんなさい！　今の話はなしで！

そう、ルーチェが半ば悲鳴のような声で叫ぼうとした、その時。

「――では、今夜君の部屋に伺おう」

まさかのオズヴァルドから、誘いを受けられてしまった。

（嘘《うそ》でしょ――っ！）

すこし照れたように笑っておられるその顔も、とても素敵で眼福であるのだが。

「はい、お待ちしております……」

自分で誘った手前、今更ルーチェには拒否することができなかった。

その後、いつものようにオズヴァルドと夕食をとり、屋根裏部屋に戻った。

緊張のあまり、彼と何を話したかも思い出せず、さらには料理の味も思い出せない。

もったいないことをしてしまった。

（ど、どうしましょう……）

多分、男女関係な意味ではないことは、彼も気付いていると思う。

なんせ、オズヴァルドとルーチェの間には、これまで一切色っぽい雰囲気はなかったのだ。

そんな二人が、いきなり寝台に直行はないだろう。――多分、きっと。

それでもしっかりと浴室で体を隅々まで磨いてしまったのは、なんとなくである。

(そうよ、そんなことになったら、オズヴァルド様だって困ってしまうわ)

なんせオズヴァルドは、筋金入りの独身主義者だ。

本来なら真面目で誠実であるはずの彼が、無理やり結ばれた婚約の相手を、血迷って屋根裏部屋へ放り込んでしまったくらいには。

(……改めて考えてみると、なかなか酷いことをされているのよね、私)

だがルーチェは、オズヴァルドに対し、恨みはなかった。

確かに最初はあまり良い心証《イメージ》はなかった。

初めてこの屋敷に来た際、不満をありありと浮かべた顔で彼に睨まれた時など、いっそ嫌がらせでこのまま婚約者の座に居座ってやろうかな、と思うくらいには気に食わなかったが。

そもそもお育ちがよく根が真面目で善良な彼には、人に対し度を越えた嫌がらせなどできなかったのだろう。

無理してルーチェに屋根裏部屋などをあてがってみたものの、綺麗に清掃し、家具類を整え、美味しい食事まで提供し、その居心地をよくしてしまっている時点で、お察しのとおりである。

しかもルーチェのことを知った今となっては、それらの行動に対し深く反省し、罪悪感に満ちた瞳でこちらを見つめてくる始末である。

ルーチェにしてみれば、全く嫌がらせになっていなかったというのに。

（お馬鹿さんね……）

ルーチェはすでに、オズヴァルドに絆《ほだ》されていた。

侯爵子息などという、雲の上の人から素直に謝られ、償うようにせっせと尽くされてしまえば、憎からず思ってしまうのは、仕方がないと思う。

なまじ他人から酷い扱いを受けていた分、少しでも優しくされてしまうと、やたらと心に響いてしまうのだ。

ルーチェに優しくしたところで、オズヴァルドに利など何もない。つまりは、なんの見返りも求められていないということだ。

この家に来てからというもの、ルーチェはずっと幸せだった。

苦しいことも悲しいことも悔しいこともない。皆がルーチェを大事にしてくれる。

アルベルティ伯爵家にいた頃とは全く逆の環境。

（そういえば、存在自体忘れていたわ……）

おそらく、アルベルティ伯爵家からのルーチェへの接触を遮断しているのも、オズヴァルドだろう。

そろそろ侯爵家から渡されたルーチェの支度金を使い切って、生活が苦しくなってくる頃だ。

それなのに、彼らがこんなに大人しいなどあり得ない。

つまりはオズヴァルドが盾となり、ルーチェを守ってくれているのだろう。

おかげでルーチェは今、これまでの人生において、最も満たされた日々を送っている。

毎日美味しい料理を食べて、素晴らしい寝心地の寝台で眠り、さまざまな趣味に割く時間があり。

よってこの生活をくれたオズヴァルドには、感謝しかない。

互いに誤解が解けてからは、さらに彼はルーチェをこれでもかと甘やかし始めた。

今や、ルーチェの屋根裏部屋の半分は、彼からの贈り物で満ちている。

新しいドレスから靴から帽子から宝飾類まで、これでもかとばかりに与えられている。

全てのドレスに袖を通すまで、一体何日かかることやら。

その量を思うと、貧乏性なルーチェの頭がくらくらする。

気持ちはありがたいし、美しいドレスも宝石も見ている分には嬉しい。

だがどうにも尽くされすぎると、居心地が悪い。

(――私は、名だけの婚約者なのに)

どうしたらいいのかわからなくて、胸が苦しくてたまらなくなる。

与えられた分だけ、返すことができないからか。

生真面目なルーチェは、なんともいたたまれない気持ちになってしまう。

(こんな状態に慣れてしまったら、一人で生きていけなくなってしまうわ……)

せめて彼のために何かできないかと、色々と考える日々だ。

まさにそれこそが、オズヴァルドの狙いだとも知らずに。

その時、扉がノックされて、ルーチェは小さく飛び上がる。

「ひゃい!」

「――俺だ」

聞き慣れたはずのオズヴァルドの声に、心臓がバクバクと激しく鼓動を打つ。

これはただの、天体観測である。二人で寝台から星空を見るだけの、健全な集まりである。

(落ち着いて、私……!)

緊張で震える足で扉に駆け寄り、ルーチェはオズヴァルドを部屋の中へと招き入れる。

入浴して来たのだろう。彼の明るい金髪が、水を吸って色を濃くしている。

それを見たルーチェは、激しく動揺していた。

なんせ、オズヴァルドの色気が増し増しである。

しかも彼は、素肌にガウンをまとっただけの姿である。

もう少し、布面積を増やした方が良いのではないだろうか。

(鎖骨が……鎖骨が……!)

ガウンの合わせからちらりと覗く、浮き出た鎖骨が艶《なま》めかしい。罪深いにも程がある。

初心なルーチェの目には毒である。堪えきれず、とうとう目を逸らしてしまった。

「ど、どうぞ」

思いのほか声が上擦って震え、ルーチェは内心慌てた。
これでは動揺していることが、彼に伝わってしまうではないか。
「ああ、失礼する。……良い夜だな。ルーチェ」
オズヴァルドは酒肴《しゅこう》が乗せられたお盆を手に、ルーチェの屋根裏部屋に入ってきた。
そしてテーブルの上にお盆を置くと、ルーチェの部屋を物珍しそうに、そっと見渡す。
きっと彼が見知っている屋根裏部屋とは、随分様変わりしてしまっているだろう。
なんせルーチェが住みやすく、そこら中を勝手に改装しているので。
（いつかここから出て行く時は、原状回復しなくてはいけないわね……）
そのことを考えると、心に寂寥《せきりょう》が襲う。手をかけた分、失うのは辛い。
「……なるほど、確かに素敵な部屋だな」
するとオズヴァルドが微笑んで、そんなことを言った。ルーチェは目を見開く。
「ありがとう、ございます」
これまでずっと、早く屋根裏《ここ》から出ろとばかり言われてきたからか。
オズヴァルドの言葉に、ルーチェは何故か、満たされた気持ちになった。
一生懸命頑張っていたことを、認められたような、そんな気がしたのだ。
それからオズヴァルドは、天窓を見上げた。
ルーチェは、彼のために手元のランプの火を吹き消す。

すると、天窓の窓枠いっぱいに、美しい星空が切り取られる。

それを見たオズヴァルドが、感嘆のため息を吐いた。

「……なるほど。美しいな」

「でしょう。私も初めての夜にこの天窓を見て、感動してしまって」

ルーチェはオズヴァルドの手を引いて、己の寝台の上へと座らせる。

「こんな星空の下で眠れるんですもの、とっても贅沢だと思いませんか？」

「確かに。我が家にこんな素晴らしい場所があったとはな……」

オズヴァルドの目は、天窓へ向けられたままだ。月明かりに浮かぶその綺麗な横顔に、ルーチェは見惚れる。

「星はお好きですか？」

「……どうだろう。あまり考えたことがなかった」

これまで彼は、空を見上げる余裕もなかったのかもしれない。

「ああ、でも戦場では、よく星を見た。戦場での記憶は碌《ろく》なものがないが、あの時見た星空だけは、確かに美しかったな」

いかに地上が血に塗れようと、空は変わらず美しい。

死が常に間近にあった場所で、星空を見上げることが、オズヴァルドの習慣だった。

地獄のようなその場所で、数えきれない程の命が星になったからかもしれない。

「……そうですか」

「ああ。それなのに王都に帰ってきたら、そのことをすっかり忘れていた。君のおかげで思い出したよ」

寝台の上に腰をかけ、二人並んで天窓を見上げる。

互いに何も口にしない。けれども穏やかに時間が流れ、不思議と居心地の悪さもない。

先ほどまで酷く緊張していた自分を、ルーチェは一笑する。

やはりオズヴァルドは紳士であった。おそらく今夜も、二人の間には何も起こるまい。

隣に座るオズヴァルドを見上げる。整った横顔は彫像じみていて、人間味がない。

（素敵な人なのになあ……）

ルーチェにはオズヴァルドを捨てたという彼の母親の気持ちも、元婚約者の気持ちも、全く理解ができなかった。

確かに多少短慮なところはあるが、そもそもの彼の本質は、善だ。

なんせ一生懸命頑張ってやった嫌がらせが、住み心地よく整えた屋根裏部屋に放り込む程度なのだ。

しかもそのことに深い悔恨を抱き、ルーチェへの罪悪感に苛まれているという有様である。

人の悪意に散々晒されて生きてきたルーチェからすれば、可愛らしいとしか思えない。

（勿体《もったい》ないのよね……）

オズヴァルドのことを理解してくれる人も、愛してくれる人も、これから先いくらでもいるはずなのだ。

それなのに、わずかばかりの不誠実で悪辣な人間のために、彼が人と関わること自体を嫌厭してしまうのは、とても勿体ないと思う。

それは一であって、全《ぜん》ではない。

ただ良い人間もいれば、悪い人間もいるというだけの、単純な話。

「ねえ、オズヴァルド様」

ルーチェが声をかければ、オズヴァルドが首をこちらへ傾ける。

こうして人の話を真摯に聞く姿勢も、とても好ましい。

「……世の中って捨てたものではないと思うんです」

ルーチェとて、これまで散々酷い目にあって生きてきた。

けれど、母はルーチェを深く愛してくれたし、この屋敷の人たちも、皆ルーチェに優しい。

何も持っていない身だからこそ、人の善意や好意が酷く心に響く。

「私、この屋敷に来てから、毎日が楽しくて幸せなんです。オズヴァルド様のおかげですね！」

ルーチェは軽やかに笑う。オズヴァルドを含め、この屋敷の人たちが大好きなのだと。

するとオズヴァルドは、困ったように眉を下げた。

「……君はあまりにも、幸せの基準が低すぎる」

「あら？　簡単に幸せになれるってことですもの。それは良いことでしょう」

二人で顔を見合わせて、微笑み合う。

「ですからオズヴァルド様にも、きっと素敵な出会いがありますよ」

ちゃんとオズヴァルド自身を見てくれる、優しくて誠実な女性が現れるはずだ。

ルーチェがそう言えば、オズヴァルドは痛みを堪えるような顔をした。

そしてまた沈黙が落ちる。

怒らせてしまったかと思ったが、彼は何も言わず夜空を見上げている。

仕方がないので、ルーチェも黙ってその隣で星を見つめることにした。

「……ありがとう。良いものを見させてもらった」

夜も更けた頃、ようやくオズヴァルドが口を開いた。

「それはよかったです」

「また、見に来てもいいだろうか？」

「ええ、もちろんです」

「……少し、酒を飲んでも？」

「あ、注ぎますよ」

葡萄酒《ぶどうしゅ》をグラスに注ぎ、ルーチェはオズヴァルドに渡す。

使用人生活が長いが故に、自然と体が動いてしまうのだ。

「気にせずとも、自分で注ぐから大丈夫だ。君も飲むか？」

「いえ、私は結構です」

「そうか」

オズヴァルドが一口葡萄酒を飲む。すると彼の首の喉仏がこくりと上下する。

その様が何やら艶めかしくて、思わずルーチェはまじまじと凝視してしまった。

「どうした？」

オズヴァルドにチラリと横目で視線を寄越され、あまりにも無遠慮に見てしまったと、ルーチェは小さく飛び上がる。

「す、すみません。今更になってオズヴァルド様が私の部屋にいらっしゃることに、なにやら緊張してしまいまして……」

顔を赤くしてしどろもどろに言い訳すると、オズヴァルドは嬉しそうに小さく笑った。

「……それはルーチェが、俺を男として意識してくれている、ということか？」

「い、いえ！　とんでもない！　そんな烏滸がましいことは……！」

していている。めちゃくちゃしているけれども、ルーチェはいずれ婚約破棄する予定の、名だけの婚約者である。

そんな自分に、男として意識されてしまったら、オズヴァルドはさぞかし不快だろう。

頭をぶんぶんと横に振って、ルーチェが否定すれば、オズヴァルドは落胆した様子を見せた。

「そうか。俺は君になんとも思われていないんだな……」

思っている。色々と思っているけれども、ルーチェはそういったことが許される立場にないのである。

なんせルーチェは、婚約者という名の、ただの居候なのだから。

(こちらの気も知らないで、無責任なことを言わないでほしい……!)

「……私なんかに好意を持たれたら、オズヴァルド様が困ってしまうでしょう?」

自分で口に出しておきながら、胸が、ずしりと重くなる。

もしルーチェが本物の伯爵令嬢だったのなら、きっともっと堂々と、オズヴァルドの隣にいることができたのだろうか。

すると隣に座っているオズヴァルドの指先が、ルーチェの指先に触れた。

そこから甘やかな痺《しび》れが走る。これは無意識なのか、それとも意図的なものなのか。

無意識であればルーチェが過剰に反応するのは失礼な気がするし、かといって意図的ならばどうしたら良いのかわからない。

つまりは、どちらにせよどうすることもできずに、ルーチェはぴしりと固まった。

「――――困らない」

そして、オズヴァルドの口から強めに否定の言葉が紡がれる。ルーチェは目を見開いた。

「むしろ俺は君に男として意識されたいし、できるなら好意を持ってほしい」

そしてオズヴァルドの指先が滑るようにルーチェの手の甲へと這《は》い上《あ》がり、やがて手のひらで包むように握り込まれる。

ルーチェの心臓がばくばくと、これまで感じたことがないほどに早く激しく鼓動を打っている。一体なぜこんなことになっているのか。

そもそも彼は独身主義者ではなかったのか。想定外にも程がある。

「なあ、ルーチェ。この屋根裏も良いが、やはり階下にもう一つ、部屋を持たないか？　俺の隣の部屋が空いているんだ」

それは、この屋敷の女主人のための部屋。つまりはオズヴァルドの妻となるべき人の部屋だ。

「でも、そこはいずれオズヴァルド様の奥様となられる方の部屋でしょう？　私のような者が住み着くわけには」

するとオズヴァルドは手で顔を覆い、深く長い息を吐いた。

まるで、何某かの覚悟を決めるかのように。

それから顔を上げると、ルーチェの目を真《ま》っ直《す》ぐに見つめ、口を開いた。

「――俺の妻は、君だ。君がいい」

――空耳かと思った。

だが真っ赤に染め上がったオズヴァルドの顔を見れば、それが彼なりの愛の告白であることは、疑いようがなかった。

「え…………？」

ルーチェからは困惑した声しか出てこない。大切にしてもらっているとは思っていた。

だが、それは彼の罪悪感によるものだと思っていたのだ。

「――素敵な出会いなど、もういらないんだ」

すでにルーチェがここにいるのだから。そう言ってオズヴァルドはルーチェを見つめる。

そして宝物のように優しくルーチェの手を額に戴《いただ》き、その指先に口付けを落とした。

「どうか、この愚かな男に慈悲を施してはくれないか」

「あ、あの、その……！」

相変わらずルーチェは、混乱の極みにあった。

オズヴァルドのことは、もちろん憎からず思っている。

けれど、手の届かない相手だと、別の世界の人間だと、そう思っていたのだ。

だから、彼と共に歩む未来など、考えたこともなかった。

「もう二度と君に酷い真似はしない。一生大切にする。だから俺の妻になってくれ……」

（もしやこの人、実はめちゃくちゃ容易《チョロ》いのでは……!?）

ルーチェはそう率直に思った。

星空の下、ちょっと良い雰囲気で共に時間を過ごしただけの女に、あっさり惚れてしまうなど。

思わず心配になってしまう容易《チョロ》さである。

(やっぱり、根が素直なのでしょうね……)

これでは、またしても女性に騙されてしまう未来しか見えない。

そしてさらに女性不信を拗《こじ》らせてしまう負の連鎖しか見えない。

だったら一層のこと、ルーチェが責任を持って、生涯彼の面倒を見るべきではないだろうか。

ルーチェは何も持っていないが、人に対する誠実さだけは自信がある。

自分が浮気をし、オズヴァルドを捨てる未来など、絶対にあり得ない。

信頼に値する相手であること。彼が女性に対し求めているのは、おそらくその一点。

つまり自分と共にいれば、オズヴァルドはこれ以上、女性に傷つかずに済むはずだ。

そして幸せの基準が低いルーチェは、ここで十分幸せに生きていける自信があった。

もちろん、侯爵夫人となるには、ルーチェには色々なものが欠けている。

これから貴族として生きる上で、きっと辛い目に遭うこともあるだろう。

けれども、ここにくる前の地獄のような日々に比べれば、瑣末に感じた。

なんせルーチェは、生きるために必要最低限の食事がとれて、暖かな寝床があるだけで、十分幸せになれる人間なのだから。

(そうよ。私がなんとかすれば良いんだわ)

――オズヴァルドの孤独も人間不信も。

そんな結論に至ると、ルーチェの返事を待って緊張し、わずかに震えているオズヴァルドが随分と可愛く思えてきてしまった。

「ええと……よろしくお願いいたします」

己もまた十分容易《チョロ》いなと、ルーチェは笑う。

だが、頑《かたく》なになって幸せを逃すよりは、きっとずっと良いだろう。

言い換えればそれは、柔軟性があるということだ。

「ひゃっ!」

返事をした瞬間、体に何かが絡みついて、ルーチェの体をぎゅうぎゅうに締め上げた。

どうやらオズヴァルドに抱き締められているらしい。

彼の想《おも》いの強さを示すように、逃がさないとばかりにしがみつかれている。

想像以上に強く想われているらしい。苦しいのだが、それ以上の充足感があった。

こんなふうに、他人から抱きしめられるのは、随分と久しぶりだ。

母を失ってから、こんなふうにルーチェに触れてくれる人は、いなくなってしまった。

(気持ち良い……)

人の体温がこんなにも心地が良いことを、ルーチェは久しぶりに思い出した。

腕が緩められ、オズヴァルドの指先がルーチェの顎に添えられる。

促されるまま顔を上げれば、そこにオズヴァルドの唇が落ちてくる。

「……んっ」

初めて触れたオズヴァルドの唇は、思った以上に柔らかく、そして温かくて。

ルーチェはそっと目を瞑《つぶ》る。すると一度離れたオズヴァルドは、ルーチェの額に、瞼《まぶた》に、鼻に、頬に、そしてまた唇に、口付けをする。

「……っ！」

それから唇を優しく喰まれ、驚いたルーチェがその間を緩めた瞬間。

ぬるりとオズヴァルドの舌が、口腔《こうこう》内に入り込んできた。

ルーチェの中を探るように、それは動く。

歯の列を辿り、上顎をくすぐり、喉奥に逃げてしまったルーチェの舌を絡め取る。

己の中に他人を受け入れるという初めての経験に、ルーチェの体がぞくぞくと戦慄《わなな》いた。

「んっ、んんっ……」

飲み込みきれない唾液が口角から溢れ落ち、糸を引いて胸元に落ち、ネグリジェに染みを作る。

(何なの、これ……！)

男女のことに全く無知であったルーチェは、これまた混乱の極みであった。

なんせ、婚約が決まって数時間でアルベルティ伯爵邸から叩《たた》き出されているのだ。

婚前の閨《ねや》教育など、受けているわけがない。

男と女が寝台で何かをするということはわかっていても、その具体的な内容までは知らないのだ。

よって口づけの際に、舌まで使うことがあるなんて、知っているわけがなかった。

いつまで経《た》っても、オズヴァルドは唇を離してくれない。

それどころか、まるで甘味《かんみ》のようにルーチェの唾液を啜《すす》り、その内側をなぶり続ける。

「あっ、んっ……！」

おかげで合間合間で呼吸するたびに、鼻にかかった甘い声が出てしまう。

不思議と下腹部にじわりとした熱が灯《とも》り、内側に引き絞られるような感覚が宿る。

オズヴァルドの手が腰に回され、臀部《でんぶ》をそっと撫《な》でられれば、カクカクと無意識のうちに腰が震えた。

（私……何かおかしい……）

「可愛い……」

口付けの合間に、オズヴァルドがうっとりとそんな言葉をこぼす。

オズヴァルドもまた、不思議と息が上がっている。

激しく動いているわけでもないのに、一体何故なのだろう。

ようやく唇が解放された時には、ルーチェは息も絶え絶えだった。

一体自分はどうなってしまったのか。体に力が入らず、くたりとオズヴァルドに寄りかかってしまう。

「ルーチェ。君を抱いても良いか？」

耳元で囁《ささや》かれ、ルーチェは内心首を傾《かし》げる。

（抱く……？　すでに抱きしめておられるのに？）

「君を、名実共に俺の妻にしたいんだ」

オズヴァルドの懇願に、わからないなりにルーチェが頷けば、彼は幸せそうに笑った。

そのまま寝台に押し倒され、また口付けをされる。

オズヴァルドの舌に翻弄されているうちに、ネグリジェのリボンが解かれ、裾を捲《めく》り上げられていた。

（え⁉）

ルーチェの太ももをオズヴァルドの手のひらが這《は》う。触れられたその場所が、ひどく熱い。

そのままネグリジェを脱がされ、下着を外され、気がつけば生まれたままの姿になっていた。

（え⁉　え⁉）

相変わらずルーチェの頭の中は、混乱の極みである。

オズヴァルドは身を起こし、月明かりに浮かび上がるルーチェの体を、目を細めて見つめる。

もちろんこんな風に他人に肌を晒すことは初めてで、ルーチェは羞恥のあまり慌てて身を捩《よじ》らせ体を隠そうとした。

だがすぐにオズヴァルドによって、手足をシーツに押さえつけられてしまった。

「隠さないでくれ。君の全てが見たいんだ」

この屋敷で暮らすようになって、ルーチェの栄養状態は劇的に良くなり、体にも少しずつ肉がつき始めたものの、やはり未だに女性らしい線とは言い難い。

とてもではないが、人の目に晒せるような体ではないのだ。

「……恥ずかしいです。こんな体で」

だからその手を離してくれと目で訴えてみたが、オズヴァルドは全く介してくれない。

「とても綺麗だ。ずっと見ていたいくらい」

挙句、そんなことを言い出した。

星空を背景に、下から見上げるオズヴァルドこそ美しく、何より色気が凄いのだが。

ルーチェの両手を頭の上でまとめ上げると、オズヴァルドは空いている手で着ているガウンの腰紐《こしひも》を解く。

ガウンが彼の肩から滑り落ち、元軍人らしく鍛え上げられた体が顕《あらわ》になる。

戦場で負ったのであろう傷痕がところどころにあるものの、その圧倒的な造形美にルーチェは言葉をなくして見惚れてしまった。

男性の体を美しいと思うのは、生まれて初めてだった。

「……オズヴァルド様の方が綺麗です」

うっとりと自分を見つめるルーチェに、オズヴァルドは恥ずかしそうに小さく唇を尖《とが》らせた。

「……男に綺麗はいただけないな」

そしてまたルーチェの唇を己の唇で塞ぐ。

ようやく慣れてきたルーチェが彼の舌に応えているうちに、オズヴァルドの手がルーチェの小ぶりな乳房を包み込む。

「…………っ!」

やわやわと揉《も》まれれば、くすぐったさと共にツンと痛みに似た疼《うず》きがその頂に走る。

ぷっくりと勃ち上がったそこを、オズヴァルドの指の腹がそっと撫でた。

「んっ……」

知らない甘い感覚が走り、ルーチェは思わず身を竦ませる。

だが彼女のその反応に気をよくしたのか、オズヴァルドは執拗《しつよう》に胸の頂を刺激し続けた。

摩《す》られ、押しつぶされ、摘《つま》み上げられて。

頂が固く痼《しこ》り、さらに敏感になって、ルーチェを苛む。

触れられていないはずの下腹部が、きゅうきゅうと甘く疼き、不思議と腰が浮く。

体が何かを求めている。けれども、その何かがわからない。

ルーチェは膝を擦り合わせ、その疼きと熱を逃そうとした。

だがそれに気付いたオズヴァルドが腕でルーチェの脚を割り開き、それを許してくれない。

「オズヴァルド様……！」

「オズ、と。そう呼んでくれ。俺と君は夫婦になるのだから」

ルーチェは潤んだ視界で、オズヴァルドの顔を見つめる。

彼の青い目に映る自分は、随分とだらしない顔をしていた。恥ずかしくてたまらない。

「オズ様……」

助けを求めるようにその名を呼べば、さらにしつこく胸の頂を甚振られた。何故だ。

「お腹が苦しいんです……助けて……」

己を苛むこの焦燥の正体がわからない。

「ふうん。そうか」

助けてほしいのに、オズヴァルドはただ嬉しそうにするだけだ。

オズヴァルドの手が、ようやくルーチェの乳房から離れる。

安堵する反面、どこか寂しさがあって。

思わず眉を下げれば「そんな物欲しげな顔をするな」などと言われてしまった。意味がわからない。

代わりにとばかりにオズヴァルドの唇が降りてきて、ルーチェの乳首を舌で舐《な》め上げ、突き、吸い上げる。

「やっ……!　ああっ……!」

指とはまた違う、濡《ぬ》れた熱い感触に、ルーチェは身悶《みもだ》えた。

そしてオズヴァルドの手が、ルーチェの脚の付け根に伸ばされる。

「だめです……!　そこは……!」

不浄と呼ばれている場所。ここには触れてはいけないのだと、教会で教えられている場所。

自分でも滅多《めった》に触ることのないその場所に、オズヴァルドの指が触れた。

更に慎まやかにぴたりと閉じているその割れ目を、オズヴァルドの指が辿る。

内側から何かが滲《にじ》み出《で》る感覚がある。月のものの時のような、どろりと内側を這う感覚。

(まだ予定は先のはずなのに……)

ルーチェは慌てて身を起こそうとするが、オズヴァルドがそれを許してくれない。

体重をかけてルーチェを押さえつけ、さらに執拗にその割れ目を撫でる。

「オズ様ぁ……」

やめてほしくて呼んだ名は、何故か媚《こ》びるような響きになってしまった。

ルーチェから滲み出た滑る液体を纏わせたオズヴァルドの指が、つぷりと割れ目に沈み込む。

「ご、ごめんなさい。月のものが始まってしまったみたいで……!」

羞恥を堪えてルーチェが泣きつけば、オズヴァルドが目を見開き、小さく笑った。

それから彼女を苛んでいた指を、見せつけるように目の前に持ってくる。

そこにまとわりついているのは、経血ではなく粘度の高い無色透明の液体で。

「大丈夫だ。そういうものだから」

オズヴァルドも、ルーチェが性的に無知であることに気付いたのだろう。

優しくそう言って、宥めるようにルーチェに触れるだけの口づけをする。

「君の体が俺を受け入れるために、準備をしているんだよ」

何が何だかわからないが、そういうことらしい。何やらオズヴァルドは嬉しそうだ。

ルーチェはもう思考を放棄して、彼に身を任せることにした。

オズヴァルドが嬉しいのなら、それで良い。

オズヴァルドの指が、再びルーチェの秘裂へと伸ばされる。

よく濡れたそこへ沈み込んだ彼の指先が、小さな硬い芽をとらえた。

「ああっ……！」

それまでとは段違いの、痛みにすら感じる強い快感に、ルーチェの体が小さく跳ねた。

「オズ様……！　そこ、何かダメです……！」

潤んだ視界で訴えれば、何故かまたオズヴァルドは嬉しそうな顔をした。

そして、執拗にその小さな神経の塊を苛み始める。

一体何だろう、この言葉の通じない感じは。ルーチェは泣きそうになった。

「や、っあああ……！」

指の腹で摩られ、押しつぶされ、その度に腰が跳ねてしまう。

迫り来る何かから、怖くて逃げたいのに、オズヴァルドがそれを許してはくれない。

「オズ様、オズ様……」

「大丈夫だルーチェ。何もかも俺に委ねて仕舞《しま》えば良い」

甘やかすような優しい声に、ルーチェはオズヴァルドの背中に腕を伸ばし縋《すが》り付《つ》く。

自分から彼に手を伸ばしたのは、これが初めてだった。

オズヴァルドが小さく息を呑む。不快にさせてしまったかと、ルーチェが手を引こうとしたその時。

執拗に刺激されて、赤く腫れ上がったルーチェの陰核を、オズヴァルドが指先で摘み上げた。

「あああっ……！」

快楽の奔流に飲み込まれ、ルーチェは背中を弓形に反らし絶頂に達した。

脈動と共に胎内が引き絞られ、やがて全身へ痛痒《いたがゆ》い感覚が広がっていく。

初めての絶頂に翻弄されていると、オズヴァルドがルーチェの蜜口に指をそっと差し込んだ。

「……凄いな。熱くて狭くて、搾り取るように蠢《うごめ》いている」

ぐにぐにと膣《ちつ》壁を指の腹で刺激されれば、無意識のうちに腰が浮く。

「はあっ、あ、はあっ……！」

異物感からか、妙に息が切れる。抜いてほしいような、抜いてほしくないような、不思議な感覚。

ようやく絶頂の余韻が抜けてきたところで、オズヴァルドが中に指を入れたまま、花芯を親指で擦り上げた。

「やっ……！　また……！」

敏感な場所を同時に刺激されたことで、膣内の異物感が散らされ、快感だけがまた少しずつ積み上がっていく。

さらには胸の頂も舌先で刺激され、気がつけば中の指が二本に増えていて。

意識が朦朧《もうろう》とするまで執拗に愛撫《あいぶ》され、ルーチェがぐったりと寝台に沈み込んだところで。

指を引き抜かれ、大きく脚を広げられ、熱くて硬い何かが蜜口に充てがわれた。

オズヴァルドの眉間に深い皺《しわ》が寄っている。何かを必死に堪えているような、表情。

「ルーチェ、いいか？」

何を聞かれているのかわからなかったが、あれこれと色々されて、もうこれ以上恥ずかしいことはないだろうとルーチェは頷いた。

するとオズヴァルドが一気に腰を進めた。躊躇《ためら》わず、その最奥にまで。

「────っ!!」

（痛い……！）

思わずルーチェはオズヴァルドの背中に爪を立ててしまった。一体自分の体に何が起きているのか。

痛みに潤む視界でオズヴァルドの顔と、その背後の星空を見る。

オズヴァルドが額に玉のような汗を浮かべ、痛みに耐えるような顔をしている。

彼も痛いのだろうか。痛いのなら何故こんなことをする必要があるのか。

(でも、不思議……)

痛みは痛みとしてあるのに、それとは別の何かが、確かに満たされた気がする。

「大丈夫か?」

労わるように聞かれれば、頷くしかない。

オズヴァルドがルーチェの前髪を優しく掻《か》き上げて、顕になった額に口づけをする。

その瞬間に、つながり合った場所が擦れて、ルーチェは痛みに眉を顰《ひそ》めた。

「痛いよな。すまない。……俺ばかり幸せで」

オズヴァルドが幸せそうに笑った。

どうやら彼は痛くないようだと、ルーチェは安堵する。

「しばらくこのままでいようか」

繋がったまま、オズヴァルドがルーチェを抱きしめる。

まるで二人で一つになってしまったような気分だ。ルーチェもオズヴァルドをぎゅっと抱きしめ返した。

ここにきてルーチェは、ようやくこの行為が夫婦間で行われる、人間の生殖行為であることに気付いた。

つまりあのままアルベルティ伯爵家にいたら、養父にこういった行為を強いられる可能性があったということだ。

想像すれば、怖気《おぞけ》が立って体が震えた。

すると、オズヴァルドに心配そうに顔を覗《のぞ》き込《こ》まれた。

「どうしたルーチェ？」

オズヴァルドはどこか苦しそうだ。ルーチェは安心させるように笑った。

「オズ様で、よかったなって」

恋が何かは、ルーチェにはまだわからない。

けれど、オズヴァルドのことが好きなのは、間違いない。

養父に奪われ、踏《ふ》み躙《にじ》られる前に、オズヴァルドの元に来て、彼のものになれたことは、ルーチェの幸薄い生涯において、とても幸運なことだったのだと思う。

すると、オズヴァルドが小さく唸《うな》った。

一体どうしたのかと、今度はルーチェが彼の顔を覗き込む。

オズヴァルドは口元を手で押さえ、赤い顔をしていた。

「……煽《あお》らないでくれ。これでも必死に我慢をしているんだ」

どうやらこの行為を途中で止めることは、男性にとってなかなか大変なことのようだ。

ルーチェは手を伸ばし、オズヴァルドの頬に触れると、上半身を少しだけ起こして彼の唇に自ら口付けをした。

オズヴァルドの顔が、さらに赤くなる。なんだか可愛らしい。

「だから煽るなと……！」

「良いですよ。好きにしてください。私、痛みには強い方なので！」

我慢できます！と。力強くそう言ったら、オズヴァルドは何やら複雑そうな顔をした。

「……いつかそのうち、自分から抱いてほしいと言わせてやる……！」

などとぶつぶつよくわからないことを呟《つぶや》いている。ルーチェは首を傾げた。

「だが今日は、できるだけ早く終わらせよう……」

それからオズヴァルドは手を下肢へと伸ばし、繋がった場所のすぐ上にある、ルーチェが一番おかしくなってしまう小さな芽に触れた。

「ひっ！」

忘れかけていた強い快感に、ルーチェの腰が震える。

触れるか触れないかの優しさで刺激を与えられているうちに、痛みで乾いてしまっていたルーチェの内側が、またじわりと蜜を滲ませた。

そしてオズヴァルドは一度ゆっくりと腰を引き、そしてまた押し込む。痛みにルーチェの眉間に皺が寄るが、花芯を刺激されることで痛みが多少散らされる。

「は、あっ、あ、ああっ」

そして、優しく揺すられながら、陰核を擦り上げられて、ルーチェの口から切れ切れの嬌声《きょうせい》が漏れた。

目を瞑り、自分の体に、オズヴァルドに与えられる刺激に、ルーチェは感覚を澄ませる。

痛みは依然としてあるが、それだけではない、甘い何かを内側に覚える。

特に奥を突かれると、胎の奥にある、これまで知らなかった掻痒《そうよう》感が満たされるのだ。

(気持ち良い……気がする)

早く終わってほしいような、ずっとこのままでいたいような、なんとも言えない不可解な気持ちだ。

「ルーチェ……ルーチェ」

オズヴァルドはルーチェを揺さぶりながら、愛おしげに名前を呼ぶ。

耳に流し込まれる彼の声に、気がつけば、あまり痛みが気にならなくなっていた。

「……っ」

長いような、短いような時間の後、オズヴァルドがルーチェを強く掻《か》き抱《いだ》いて、息を詰め、その奥深くに吐精した。

そして長い息を吐く。深く満たされた呼吸。

ルーチェは何故か、涙が出そうになった。

初めての経験に、未だに混乱もある。だがこれまで感じたことのない、充足感を抱いていた。

(……そうか。私はずっと、必要とされたかったんだわ)

育ったアルベルティ伯爵家において、ルーチェはただ邪魔者だった。

いなくてもまったく問題のない、むしろ消えることを望まれるような存在。

頭では仕方がないとわかっていた。けれど、心は確かに磨耗していたのだ。

「――ルーチェ。愛している」

口付けを受けて、ルーチェの視界が涙で歪む。

自分はきっと、こんな風に、自分以外の誰かにがむしゃらに求められてみたかったのだ。

今、自分がオズヴァルドに向ける感情が、恋と名づけていいものなのかはわからない。

それでも、このまま彼に求められていたいと、そう思った。

第四章　二重生活はじめました

「…………」

ルーチェは寝ぼけた頭で目の前の肌色を見つめていた。

朝起きて、目の前には裸の婚約者。昨夜の自分は一体どうしてしまったのだろう。

体を覗き込んで見れば、そこら中に赤い鬱血がある。

気をつけていたのに、とうとうこの寝台に壁蝨《ダニ》が住み着いてしまったのかと思い、シーツを日干ししなければと慌ててオズヴァルドを確認するが、彼の肌はかつて戦地で負ったのであろう古い傷痕があるだけで、綺麗なものだ。

「…………」

そういえば昨晩、身体中を彼に吸い付かれたことを思い出す。

どうやら壁蝨の正体は、目の前のこの男のようだ。

(…………凄かった)

オズヴァルドが、というよりも、行為そのものが。

情を交わした男女が寝台で何かしている、ということは、文学作品やら美術作品などで薄々気付いてはいたのだが、まさかこんなことが行われていようとは。

素っ裸になって蛙《かえる》の様に大股を開くなど、正気の沙汰とは思えない。

しかもまだ正式には、婚姻を結んでいないというのに。

朝になって冷静になり、一応貞淑な娘であるルーチェは、羞恥で死にそうになっていた。

（とんでもないことになってしまった……）

オズヴァルドはどうやら、一緒に暮らしているうちにルーチェに対し情が湧いたようだ。

元々お育ちの良い、お人好しな男である。

さらには戦場暮らしが長く、女性に対し免疫がない。

同じ屋根の下で暮らし、目の前でうろちょろしている婚約者《ルーチェ》を、うっかり憎からず思ってしまうのも、仕方がないのかもしれない。

（ありがたいことだわ……）

だがどんな理由であれ、大切に思ってもらえるのは、とても嬉しい。

母が亡くなってからというもの、他人からぞんざいに冷たく扱われることはあれど、大切にしてもらったことのないルーチェは、温かな気持ちになる。

きっと誠実なオズヴァルドは、肉体関係まで持ってしまったルーチェのことを、無責任に放り出したりはしないだろう。――ルーチェの実父とは違って。

（むしろ、私には良いことずくめよね……）

このまま侯爵夫人となれたなら、幸運としか言いようがない。

手を伸ばし、柔らかなオズヴァルドの金色の髪に触れる。

こうして寝ている姿は、美の女神に愛されたという軍神のようだ。

こんな人が、自分に想い寄せてくれるなど、奇跡ではなかろうか。

ふわふわとオズヴァルドの髪の手触りを楽しんでいたら、突然大きな手で手首を掴まれた。

驚いて飛び上がるが、その手は壊れ物を扱うかのようにルーチェの手首を握っていて、痛みはない。

「……起きていらしたんですね」

だったらもっと早く言ってくれればよかったのに。散々彼の髪で遊んでしまったではないか。

ルーチェが小さく唇を尖らせれば、オズヴァルドがくすくすと笑う。

初めて会った時は眉間の皺が深かったというのに、今は子供のように笑っている。

晴れた日の空のような目が、猫のように細められていて。

ルーチェは思わず見惚れてしまう。

「おはようルーチェ」

逞しい腕で抱き寄せられ、肌と肌が触れ合う。

「きゃっ」

未だ慣れぬ感触に、思わずぞくりと体が震える。

オズヴァルドの手が、ルーチェの痩せた背中を優しく撫でる。

そこで、わずかに彼の眉根が寄せられる。

「んっ……」

つうっと指先で何かを確かめるように這わされれば、思わず悩ましい声が漏れてしまう。

「く、くすぐったくて……！」

慌てて言い訳をすれば、オズヴァルドはまた楽しそうに笑ってくれた。

そして彼の唇がルーチェの顔中に落とされる。労わるような、慰めるような、性的なものを感じさせない親愛の口づけだ。

心地よさに、ルーチェも目を細める。

うっとりとしていると、突然深く唇を咥《くわ》え込まれ、ぬるりと舌が入り込んできた。

油断していたために、唇の間が緩んでいたため、喉奥まで侵されてしまう。

「んーっ！」

抗議するように軽くオズヴァルドの背中を叩くが、彼は全く介せずルーチェの口腔内を蹂躙《じゅうりん》する。

さらに大きな手のひらがルーチェの乳房を包み、ぐにぐにと揉《も》み上げてくる。

(朝なのに……！)

昨夜美しい星空を見せてくれた天窓は、今や太陽の光を燦々《さんさん》と採り入れて、目の前の何もかもを明瞭に見せつけてくる。

そう、オズヴァルドの彫像のような美しい裸体とか。

視覚への暴力が凄い。見ているだけで腰から力が抜けてしまう。

初心者なので、どうかもう少し手心を加えてほしい。

このままま た事に雪崩《なだれ》れ込んでしまいそうで、ルーチェは内心慌てふためきつつ、どこか期待のような感情もあって。

そしてオズヴァルドの手が、ルーチェの臀部へと回された、その時。

ぐー、と呑気極まりない音が、ルーチェの腹から鳴った。

「…………。くっ、あはは……！」

一瞬真顔になったオズヴァルドは、堪えきれないとばかりに噴き出すと、ルーチェを抱きしめて声をあげて笑った。

それまでの淫靡《いんび》な雰囲気が霧散し、ルーチェは安堵しつつもほんの少し落胆《がっかり》した気持ちになり、そんな自分に頭をかかえる。

「そうだな。まずは朝食を食べよう。ベルタも心配しているだろう」

そこで、毎朝ベルタが起こしに来てくれることを思い出したルーチェは、顔を真っ赤にした。

太陽の位置的に、いつもより寝過ごしていることは確実であり、本来ならとっくにベルタが起こしに来てくれている時間なのだ。

だというのにそれがないということは、ベルタはこの状況を察してあえて起こしにこなかったということで。

(は、恥ずかしい……!)

昨日と今日で一生分の恥をかいていると、ルーチェは思った。

己の体に自信があるのであろう、オズヴァルドが隠すことなく全裸で寝台から抜け出す。

その引き締まったその背中と尻に思わず見惚れてしまい、こちらへ振り向こうとするオズヴァルドに慌てて両手で目を隠す。

ククッとオズヴァルドがまた声をあげて笑う。頼むからちゃんと隠してほしい。主に前を。

「早く服を着てください!」

「ルーチェにならいくら見られても良いのに」

「私がよくありません……!」

オズヴァルドが床に打ち捨てられたままのガウンを羽織る。

衣擦れの音が止んで、ようやくルーチェは安堵して顔を上げる。

同じように床に落ちていたルーチェのネグリジェをオズヴァルドに取ってもらい、慌てて身につけて、ようやく一息つく。

やはり人間として、衣服は大事なのである。

それからオズヴァルドは、寝台横にある脇机の上に置かれたベルを鳴らした。

それは、使用人を呼ぶためのベルだ。当然のようにベルタによってこの部屋にも置かれたのだが、もちろんルーチェはこれまで一度たりとも使ったことはない。

「ちょ、ちょっと待ってください……！」

まさかこの状態で侍女を呼ぶ気かと、ルーチェは真っ青になる。

だがオズヴァルドはどこ吹く風だ。さして間をおかず、屋根裏部屋の扉がノックされる。

「入れ」

「ちょ、まっ……！」

ルーチェは慌ててオズヴァルドに抗議するが、容赦無く扉が開けられ、ベルタが入ってくる。

ニコニコと良い笑顔で、これまで見たことがないほど上機嫌に。

「おはようございます！　旦那様！　奥様！」

なんと、呼び方まで変わっている。

しかもオズヴァルドも満更ではなさそうである。

それ所か、彼もこれまで見たことがないほどに上機嫌だ。

ルーチェは恥ずかしさのあまり、堪え切れず寝台の中にもぐりこんでしまった。

その日からルーチェは、屋根裏部屋は屋根裏部屋として残しつつ、階下にも部屋を与えられ、その間を行き来するようになった。

魂にまで染みついた貧乏性のせいで、居心地は圧倒的に屋根裏部屋の方が良かったが、本当にこのままセヴァリーニ侯爵夫人となるのならば、ある程度贅沢にも慣れねばならない。

贅沢は度を過ぎれば身を滅ぼすが、地位に相応しい装いは必要なのだ。

オズヴァルドの部屋の隣。この屋敷の女主人の部屋。

おそらくはかつて彼の母が暮らしていたのであろう部屋を、ルーチェは与えられた。

その部屋は贅を好んだオズヴァルドの母によって、装飾から家具まで全てが綺羅綺羅《きらきら》しくルーチェにはどうも落ち着かない。

なぜこんなところにまで金の装飾をする必要があったのかと、思わず突っ込んでしまいたくなるほどだ。

その部屋とオズヴァルドの部屋は内扉一枚で繋がっており、ルーチェがこの部屋にいると当然のようにすぐにオズヴァルドが入ってくる。

そして、隙あらば触れてこようとするのだ。

無理強いこそされないが、断るとしょんぼりと捨てられた犬のような顔をするので、つい許してしまう。

おかげで毎日のように、彼に抱かれる羽目になっている。

すっかり互いの肌に馴染み、深い快楽を得られるようになったため、今ではそれがないと寂しいとさえ感じるようになってしまった。完全に毒されている。

（いや、別にそれは良いのだけれどね……）

想いを告げて以後、オズヴァルドのルーチェへの溺愛が、止まることを知らない。

さらに衣装部屋はドレスまみれになり、宝飾類も堆く積まれている。

他人に大切にされたことがないルーチェは、ただただ戸惑うばかりだ。

本当に自分がこんな待遇を受けて良いものか、自信が持てない。

満たされていて、幸せで、だからこそそれを失った時を考えると怖くなる。

すっかり名実共に婚約者になった二人に、使用人たちも喜び、ルーチェを女主人として受け入れてくれている。

オズヴァルドの力を借りながら、少しずつセヴァリーニ侯爵家の王都別邸《タウンハウス》の家政の仕事も請け負い始めた。

慣れぬそんな日々に、屋根裏部屋は良い気分転換場所になった。

手が空けば屋根裏部屋に行って、物作りをしたり、読書をしたり、星を見たりする。

すると、また頑張ろうという気になるのだ。

食事はほぼ三食、オズヴァルドと共にとる事になった。

なんと彼は、王宮に出仕しているときですら、わざわざ昼時に屋敷に帰ってきてルーチェと食事をするのだ。

大丈夫なのかと、むしろ心配になってしまう。

だがオズヴァルドは、毎日幸せそうに笑っている。

初めて会った時から、信じられないくらいに彼は変わった。

「ルーチェ。この後一緒に出かけないか？」

今日は午後から休みを取ったというオズヴァルドが、昼食の際に外出に誘ってくれた。

「君を、どこにも連れて行ったことがないことに気づいたんだ……」

自分の不明を恥じるように、オズヴァルドがしおしおと眉を下げた。

この屋敷に来て、すでに半年以上が経過していたが、確かに未だに外に出かけたことはなかった。

必要なものは使用人たちが用意してくれるし、買い物は外商が屋敷まで品物を持ってきてくれる。

よって、特にこの王都別邸を出て、外出をする必要がなかったのだ。

「気にもしていませんでした。全てここで済んでしまうので」

「……本当にすまない」

「ですからオズ様に言われるまで気付かなかったんですってば。つまりそれだけここでの生活が満たされていて幸せってことです」

苦労が多すぎて、若くして老成してしまっているルーチェがほのぼのと言えば、オズヴァルドが小さく吹き出し、それから誇らしげに笑った。

「いや、実は王太子殿下から歌劇のチケットをいただいたんだ。婚約者殿とどうかってね」

オズヴァルドは二枚のチケットを取り出した。金箔《きんぱく》の貼られたそのチケットは、国立劇場のボックス席のもの。王族貴族しか入ることを許されない、特等席である。

しかもチケットに記された劇団名は、ルーチェでも知っている超一流歌劇団だ。

養母が観に行ってみたいのにチケットが手に入らないと、散々愚痴を言っていたのを覚えている。

「わぁ！　良いんですか……！」

ルーチェは思わず目を輝かせた。

そして母がちゃんと伯爵令嬢らしい生活を送っていた頃、実母がよく観劇に行っていた。

そして母が見た舞台の話を聞くのが、ルーチェは好きだった。

子供心に、大人になったら観に行ってみたいと、そう思っていたのだ。

けれど実際に大人になってみたら、日々生きることに精一杯で、娯楽に使うお金も時間も無くなって。

観劇は、ルーチェの手の届かないものになってしまった。

わくわくと手元を覗き込んでくるルーチェに、むしろオズヴァルドが動揺している。

「……そんなに喜ばれるとは思わなかった」

その声に、滲むのは罪悪感だ。

「もっと早く誘えばよかったな……」

（また始まった……）

反省してくれるのは嬉しいが、いつまでも罪の意識を引《ひ》き摺《ず》られるのは、正直に言って面倒臭い。

少々うんざりしたルーチェは、手を伸ばし彼の頬を柔らかく抓《つね》った。

オズヴァルドが驚いたように、目を見開く。

「そういうの、もうやめましょう？　無意味です」

今更どうにもならないことを悔やむのは、はっきり言って時間の無駄だ。

時間は有限なのだ。もっと有意義に使うべきだろう。

「私は『今』、喜んでいるんです。だからオズ様は、私を喜ばせたぞーって偉そうにしていればいいんですよ」

むにむにと案外柔らかいオズヴァルドの頬の感触を楽しんでから、ルーチェはそっと手を離す。

喜ばせたいと思ってくれた。それだけで、どれほどルーチェの心が救われ満たされることか。

良くて無関心、悪くて苦しめと周囲に思われながら育ってきたルーチェには、オズヴァルドが、この屋敷の人々が、心を尽くしてくれるだけで、報われた気持ちになるのだ。

「ありがとうございます。オズ様。とても楽しみです」

オズヴァルドは触れられていた頬を己の手でさすり、それからつぶやいた。

「……君は、天使か」

「はい？」

婚約者《オズヴァルド》は今日も訳がわからない。

うっとりした目でそんなことを言われても、どんな反応を返せばいいものやら。

へらへらと誤魔化すようにルーチェが笑えば、なぜか彼の後ろに控えていた執事とベルタもこくこくと頷いていた。

どうやらこの屋敷の方々は、皆ルーチェを天使だと思っているらしい。何故だ。

◇◇◇◇

（……婚約者が可愛過ぎて困る）

食事の後、ベルタに引きずられるように連行されていくルーチェを見ながら、オズヴァルドはそんなことを思った。

オズヴァルドとの逢引《デート》のため、ベルタはルーチェを徹底的に磨き上げるつもりなのだろう。

彼女が、自らが立つ場所に怖気付《おじけづ》いたりしないように。

劇場には、多くの貴族が集まる。

そんな中、次期侯爵であるオズヴァルドとともに歩いていた女性、つまりはルーチェに一気に注目が集まるはずだ。

前の婚約者と婚約破棄をしてから、オズヴァルドには色っぽい話がとんとなかった。

だというのに突然婚約し、さらにはその婚約者にメロメロだという噂が流れたのだから。

（……噂ではなく事実なんだがな）

なんせこれまで仕事一辺倒だったオズヴァルドが、昼休憩時にいそいそと家に帰るようになったのだ。

『悪いが家で婚約者が待っているんでな』

などと宣い、幸せそうにデレデレとしながら。

さらにはほとんど残業せず、退勤時間にはとっとと家に帰るようになっていた。

『悪いが婚約者に寂しい思いをさせたくないんでな』

などと宣い、ウキウキと帰り支度をしながら。

正直ルーチェが本当に寂しがってくれているかどうかは、微妙なのだが。

初めて人生の春を謳歌《おうか》しているオズヴァルドの頭の中は、大いに色ボケていた。

愛する女がいる幸せを、周囲に見せびらかしたくて仕方がないのだ。

これまで散々『結婚なんて人生の墓場だ』などと顰《しか》めっ面《つら》で宣っていた男がである。

オズヴァルドの突然の宗旨替えに、周囲は慄《おのの》いている。

彼をここまで骨抜きにした婚約者とやらは、どんな魔性の女なのかと。

だがそのおかげでオズヴァルドの部下たちは、皆退勤時間が早くなり、家族や恋人と過ごす時間が増え、ルーチェの存在を歓迎している。

そしてそんな状況が、この度主君である王太子殿下の耳に入り、同席した軍会議の際に、歌劇のチケットを渡されたのだ。

そこでオズヴァルドは、ルーチェをどこにも連れて行っていないことに気付いた。

『今まで一度も婚約者を逢引《デート》に連れて行っていないなんて！　捨てられても知らないぞ……！』

そしてうっかりその場でそのことを口にしてしまったオズヴァルドは、周囲から喧々囂々《けんけんごうごう》と責められた。

オズヴァルドは猛省した。

ルーチェはいつも機嫌良く笑っているので、それほど気にしていないと思いたいのだが。

『良いか、オズヴァルド。女性という生き物は表で微笑んでいても、裏では何を考えているのかわからぬ生き物だ。貰った贈り物をその場では『嬉しい』と笑って受け取りながら、後々友人に『ないわー。美的感覚無さ過ぎ。これを次に会う時につけていかなきゃいけないと思うとうんざり』などと愚痴ったりするのだぞ……』

王太子殿下は婚約者の公爵令嬢となにかあったらしい。何やら涙目である。

思わずオズヴァルドは、憐《あわ》れみの目で主君を見てしまった。

『しかもそのことを、彼女の友人であるはずのとある伯爵令嬢が、わざわざ私に報告してくるのだよ。どうだ。恐ろしいであろう』

どうやら友人の伯爵令嬢は、公爵令嬢の悪口を王太子に吹き込み、婚約者の座から引きずり下ろして、その後釜を狙っているようだ。

オズヴァルドは震え上がった。どちらの性質の女性もごめん被《こうむ》りたい。

『正直、婚約者《フィロメナ》の顔が好みでなければ、とっくに婚約破棄を考えているところだ』

それでも王太子は、顔が良いから婚約者と別れられないらしい。

あの顔さえなければ……！　と叫ぶ王太子に、どっちもどっちだなとオズヴァルドは思った。

別れぬ理由は、地位か顔かの違いだろう。

オズヴァルドのルーチェは心優しい娘だ。

よってそんなご令嬢方のようなことはないと思うのだが、かといって彼女をどこにも連れて行ってあげていないことも事実。

――心の中では、ぞんざいに扱われたと、オズヴァルドに不満を抱いていたとしたら。

そう考えたら居ても立っても居られなくなり、こうして貰ったチケットを手にいそいそと家に帰り、ルーチェを誘ってみたのだ。

案の定、ルーチェはちっとも気にしていなかったし、幸せだと言って笑ってくれた。

そして歌劇のチケットを見せたところ、目を輝かせて喜んだ。

やはりオズヴァルドは反省した。もっと早く色々なものを見せてやればよかったと。

しばらくして、ベルタに飾り立てられたルーチェが恥ずかしそうにしながら戻ってきた。

ルーチェの焦茶色の髪によく似合う、明るい薄緑色のドレスだ。袖や襟元に金糸《きんし》で蔓草《つるくさ》の模様が入っている。

胸元には彼女の瞳の色に似た、薄い紫水晶《アメシスト》のブローチが飾られている。

耳には同じ紫水晶の涙型の耳飾り。

豊かな髪は編み込まれ、背中に柔らかく流されている。

「ルーチェ。君は天使か」

今日もオズヴァルドの語彙はお粗末である。

だが、それでもルーチェは嬉しそうに笑ってくれた。やはり天使である。

手を差し伸べれば、おずおずと重ねられる手。

堪えきれずオズヴァルドはルーチェの腰を引き寄せ、その桃色に塗られた唇をそっと塞いだ。

「オズヴァルド様！　ルーチェ様の口紅が取れてしまいます！」

ベルタに叱られ、しまったとルーチェを見れば、彼女は顔を真っ赤に染めていた。

一度抱いてしまってからというもの、かなりの頻度で体を重ねているというのに、いまだにルーチェは初心で、清らかなままだ。

「オズ様ったら……！」

そして恥ずかしそうに小さく唇を尖らせるので、可愛らしいそれをまた塞いでやった。

もちろんベルタには怒られた。だが悔いはない。

馬車に乗り、王都の中心部に向かう。

国立劇場の前で馬車から降りれば、ルーチェは目と口をあんぐりと開けたまま、大理石で造られた白亜の劇場を見上げた。

「すごいです……！」

まるで子供のような可愛らしい反応に、オズヴァルドはまたしても彼女を抱き締めそうになるのを必死に堪えなければならなかった。

劇場内に入っても、ルーチェは興味深そうにきょろきょろと辺りを見渡している。

淑女としてはいただけない行動なのだろうが、連れてきた甲斐があったとオズヴァルドは嬉しくなった。

周囲からの視線を感じるが、ルーチェにそれを気にしている様子はない。

彼女はどこか、自分が誰からも認識されていないと思っている節がある。

実際に生まれ育ったアルベルティ伯爵家では、そのような扱いだったのだろう。

オズヴァルドはルーチェの腰を抱き寄せる。すると驚いたようにルーチェがオズヴァルドの顔を見上げた。

オズヴァルドとルーチェの間には、頭一つ分以上の身長差がある。

よってルーチェがオズヴァルドの顔を見ようとすると、随分と首を上に傾けねばならない。

綺麗な薄紫色の目が、オズヴァルドを上目遣いで見上げる。

その無垢《むく》な視線がうっかり腰に響く。

やはりオズヴァルドは彼女の唇に口付けしそうになるのを、必死に堪えなければならなかった。

案内されたボックス席は、小さな空間に豪奢《ごうしゃ》な椅子が二つ設置されていた。

私的《プライベート》な空間が確保されていて非常によろしい。これならば劇中に口付けの一つや二つしても、許されるのではないだろうか。

二人が豪奢な観客席に腰を下ろせば、葡萄酒と果実水が運ばれてくる。

ルーチェが酒を飲めないことを、前もって連絡しておいたのだ。

なんでもルーチェは、酒精の味が苦手らしい。もちろんそんなところも可愛い。

その気遣いに気付いたらしいルーチェが、果実水を手に「ありがとうございます」と笑った。

ルーチェはオズヴァルドが彼女のためにしたささやかなことにすら敏感に気づき、嬉しそうにお礼を言ってくれる。

だからこそオズヴァルドは、さらに彼女に何かをしたいと思ってしまうのだ。

最近では、彼女を喜ばすことばかり考えている。

幕が上がり、伸びやかな歌声が劇場内に響き渡る。

今日の演目は、かつてこの国を治めていた偉大なる女王の話だ。

麗しきその女王は、長きにわたりこの国を治め、多くの功績を残した。

この国の王位は、男女に関わりなく第一子が受け継ぐ。

そして、不思議と名君には女王が多いため、王女が生まれると国民は喜ぶ傾向があるほどだ。

『私が生まれた時など、それはそれは皆がっかりしたそうだぞ……』

などと王太子が遠い目で言っていた。彼は何やら幸薄い気がひしひしとする。

この歌劇はその偉大なる女王と、彼女を愛する幾人もの男たちの恋物語だ。

観劇の合間に、オズヴァルドはちらりとルーチェを窺う。

ルーチェは舞台に集中しており、手巾《ハンカチ》を片手に笑ったり涙を堪えたりと忙しい。

うっかり舞台より彼女の表情に見惚れてしまい、気付かれそうになる度に慌てて視線を逸らす有様だ。

夢中になって舞台を観ている彼女に、手を出すことも憚《はばか》られ、オズヴァルドはただひたすら舞台が終わるのを待った。

幕が下りた時には、ルーチェは圧倒されてしまったのか、椅子に座ったまま茫然自失していた。

「素晴らしかった……！」

うっとりと呟かれた声に、やはりオズヴァルドはもっと早く連れて来れば良かったと悔い、ルーチェの言葉を思い出し、慌ててこれからもっと彼女と外出しようと思い直した。

「――また来よう」

そう、考えるのならば、過去ではなく未来のことを。

「はい！　オズ様！」

ルーチェは笑って同意してくれた。

彼女の手を握り、帰り際共に街を歩こうかとオズヴァルドが考えた、その時。

「やあやあ！　セヴァリーニ卿《きょう》！」

明るい聞き慣れた声が聞こえ、オズヴァルドは一瞬不快そうに眉間に皺を寄せた。

久しぶりに見たオズヴァルドの険しい表情に、ルーチェが目を見開いている。

怖がらせてしまったかと、オズヴァルドは慌てて眉間の皺を指先で揉みほぐし、渋々声の方へと振り向いた。

「ご機嫌麗しく。レオナルド殿下。殿下もご観劇ですか？」

そこにはまさに、このチケットを譲ってくれた本人である王太子、レオナルドがいた。

彼の隣には、婚約者である公爵令嬢もいる。

おそらく最初からオズヴァルドの婚約者が気になって、彼の分までチケットを融通したのだろう。

レオナルドは優秀だが、好奇心が非常に強く、色々なことに頭を突っ込むという悪癖があった。

「それで、そちらがそなたの婚約者か？」

緊張のあまり、ルーチェの顔色が悪い。

確かに彼女からすれば、この国の王太子殿下など雲の上の存在だろう。

「お初にお目にかかります。アルベルティ伯爵家が長女、ルーチェ・アルベルティと申します」

ルーチェは腰を屈め、尊き者に対する礼をとる。初々しく、さながらデビュタントように。

そういえば彼女は貴族令嬢でありながら、社交界デビューすらさせてもらえなかったのだ。

つまりは、正しくこれが彼女の社交界デビューといえる。

奇《く》しくもデビュタントの際に行う、王族への挨拶もできた。

（たまには王太子殿下も役に立つな）

不敬極まりないことを思いながら、オズヴァルドはルーチェを見つめる。

ルーチェのカーテシーは貴族令嬢として長い空白《ブランク》があったにも関わらず、非の打ち所がなく美しい。

侯爵夫人にふさわしくあらんとする彼女の努力が透けて見えて、オズヴァルドは誇らしい気持ちになった。

「ああ、顔を上げてくれ。今は私的な時間だからな。そんな仰々しい礼は必要ない」

気さくに言うレオナルドに、ルーチェが恐る恐る顔を上げ、彼の顔を見上げた。

レオナルドはわくわくとルーチェの顔を覗き込み、そして。

彼の若草色の目が、大きく見開かれた。

そしてルーチェを、食い入るように見つめている。

「……どうか、なさいましたか？」

不穏な空気を察して、ルーチェを庇《かば》うようにオズヴァルドが前に出る。

するとレオナルドは、夢から醒《さ》めたような顔をした。

「ああ、すまない。そなたの婚約者殿の美しさに見惚れてしまった」

そう言ってレオナルドは誤魔化すようにへらりと笑う。オズヴァルドは思わず眉を顰めた。

王太子は軽薄なところはあるが、考えなしではない。

普段、こんな無防備な表情を晒す人間ではないのだ。

つまり、それほどまでにルーチェに心動かされたということで。

レオナルドの隣にいる婚約者のフィロメナも、不穏な何かを感じ取ったらしい。

顔に微笑みを浮かべながら、どこか不安そうに見える。

一方ルーチェは、呑気に王太子とその婚約者の美貌に見惚れていた。

特に、フィロメナの大きくドレスを持ち上げている胸に、羨望の眼差《まなざ》しを向けている。

「……そろそろ参りましょう、殿下。わたくし少し疲れてしまいましたわ」

フィロメナが愛らしくレオナルドの腕を引く。一刻も早くここから離れたいとばかりに。

「あ、ああ」

まだどこか夢心地な王太子は、そのまま婚約者に引きずられるように、この場を後にした。

何度もルーチェを振り返りながら。

それは、まさに恋に落ちた男さながらの姿だった。

あんなにも動揺した王太子を、オズヴァルドは知らない。嫌な予感が胸を焼く。

「王太子殿下にご挨拶してしまいました……！」

一方ルーチェは何やら呑気に感動している。それもまた気に食わない。

「殿下のことを知っているのか？」

「もちろん。アルベルティ伯爵家で働いている使用人たちも、皆王太子殿下のことを敬っていました」

レオナルドは一見軽薄な雰囲気だが、優秀かつ冷徹な施政者である。

特に国民の貧困対策などに力を入れており、多くの実績を上げている。

孤児院や貧窮院の整備や、貧困に苦しむ者たちへの配給、町の衛生面の向上など。

王太子としての政務には、どこまでも無私であり、真摯であった。

現王が無能な分、彼の人気は高かった。

街を歩けば、王太子に感謝する声が聞こえてくる。

「国民は皆、王太子殿下に感謝しております」

十年以上続く隣国との、終わりの見えぬ泥沼な戦争においても、レオナルドは粘り強く停戦交渉を行った。

オズヴァルドが戦場から王都に帰って来られたのも、彼のおかげである。

よって王太子は国民人気が非常に高いのだ。――父である現国王が、嫉妬するほどに。

例に漏れず、ルーチェも国民の一人としてレオナルドを尊敬しているようだ。

頬が上気し、目が輝いている。

「立派なお方ですよね」

「…………」

それが恋ではないとわかっていても、オズヴァルドの心がもやもやとする。

正直なところ自分自身、ルーチェに恋心を持たれているとは言い難いのである。

嫌われてはいないと思うが、好かれている自信もない。

彼女を散々冷遇した上に、この手で身勝手に手折っておきながら、ルーチェに愛されたいと願ってしまうのだ。

忸怩《じくじ》たる思いを抱えながら、オズヴァルドはルーチェの手を引き、馬車に乗り込むと寄り道せずにそのまま屋敷へと戻った。

それまで楽しい時間を過ごしていたというのに、一気に良い気分が削《そ》がれてしまった。

だがルーチェには悟られぬよう、必死に平常を装う。彼女に当たるわけにはいかない。

屋敷に着いてすぐに出迎えに来た使用人たちを下がらせ、自らルーチェを部屋まで送る。

かつて母の部屋だったそこは、贅を凝らした豪奢な部屋だ。

ルーチェは、まだ絢爛豪華《けんらんごうか》なこの部屋に慣れないようで、ほとんどの時間を屋根裏部屋で過ごしている。

彼女がこの女主人の部屋にいるのは、基本オズヴァルドと共に過ごす時だけだ。

「お、オズ様……！」

つまりこの部屋に連れ込むということは、オズヴァルドがルーチェに触れたいと思っているということで。

後ろ手で扉を閉めると、ルーチェを壁に追い詰める。

そして両腕を壁に付き、腕の中に彼女を閉じ込めた。

夕方とはいえ、窓から西陽が差し込み、部屋の中はまだ明るい。

少し怯えた様子の、けれども何かを期待するような目をしたルーチェを見て、胸を焼く焦燥が少し和らぐ。

少なくとも、体は求められているのだと思えて。

「オズさ……んんっ！」

口紅が塗られ色鮮やかな彼女の唇が、己の名前を紡いだ瞬間。オズヴァルドは堪えきれず喰《く》らいつくように口付けをした。

顎を押さえつけ、唇をこじ開け、その口腔内の奥深くまで暴く。

「んっ、あ、むうっ……」

相変わらず口付け中の呼吸が下手なルーチェが、悩ましく喘《あえ》ぐ。

彼女の感触に、甘やかな声に、オズヴァルドの腹に熱が宿る。

手を伸ばし、彼女のドレスの裾をたくしあげる。悪いが服を脱がせる余裕はなかった。

裾のレースから、白いルーチェの脚が見える。その表面を手のひらで優しくさする。

やがてその手は臀部へと辿り、貴族令嬢とは思えぬ引き締まった尻を掴む。

「んんっ……!」

ルーチェがくぐもった声を上げ、びくりと体を跳ねさせる。

オズヴァルドはルーチェを逃すまいと、彼女の体を壁に押し付けた。

「だ、だめです……! まだお部屋が明るいのに……!」

ルーチェは首を横に振り、オズヴァルドの口付けから逃れると、小さな声で抗議する。

だがオズヴァルドはかまわず指先でルーチェの下着をずらし、脚の付け根に触れる。

この数ヶ月ですっかりオズヴァルドに躾けられ、快楽に慣らされたそこは、すでに蜜を湛《たた》えていた。

蜜を絡ませ糸を引く指先を、ルーチェの目の前へ見せつけると、オズヴァルドは酷薄そうに笑う。

「駄目だと言う割には、随分と濡れているな」

ルーチェが羞恥で目を潤ませる。

咎めるようなその視線に、オズヴァルドの中に嗜虐《しぎゃく》的な欲望が擡《もた》げた。

「きゃっ……！」

ルーチェの下着を一気に足首まで引き摺り下ろしてしまうと、白い脚の間に腕を差し込み、持ち上げた。

そして大きく開かせたその濡れた割れ目の内側を、指先でぬるぬると探る。

敏感な突起に触れるたびに、ルーチェが快楽に耐えようと体を硬くするのが楽しくて、つい執拗に刺激を与えてしまう。

コルセットを外す余裕はなく、剥《む》き出《だ》しになった乳房の上部に口付けをし、吸い上げ、噛《か》みつきながら、蜜口の中に指を差し込む。

快楽に解けたそこは、すんなりとオズヴァルドの指を飲み込み、きゅうきゅうと吸いついてくる。

すぐにでも己を打ち込みたくなる衝動を必死に堪え、鉤《かぎ》爪状に曲げた指先で掻《か》き出すように内側を刺激し、親指の腹で陰核を押し潰してやれば、ルーチェがびくびくと体を痙攣《けいれん》させた。

「も、だめ……、オズ様ぁ……！」

許しを乞うよう涙交じりの声に、いたく嗜虐心が満たされたオズヴァルドは、彼女の耳元で許可を与えてやる。

「ああ、達してしまうといい」

そして、一際強く陰核を潰し、膣壁を押し上げた。

「あ、あああっ……！」

大きく背中を逸らし、脚のつま先をぴんと伸ばして、ルーチェは絶頂に達した。

そんな彼女をうっとりと見つめながら、ひくひくと脈動を繰り返す柔らかな秘裂から指を引き抜き前をくつろげると、オズヴァルドは痛いくらいに勃ち上がったもので一気に貫く。

「あーっ！」

長く続く絶頂の中で、強く子宮を押し上げられて、ルーチェが高い声をあげる。

そのまま激しく突き上げ続け、やがてぐったりとしたルーチェを繋がったままひっくり返し、後ろからも突き上げた。

壁に爪を立て、すがりつきながら何度も達し、淫らに喘ぐルーチェがたまらない。

清らかで美しい彼女を穢していることに、オズヴァルドの中で燻《くすぶ》った支配欲が満たされる。

「ああ、俺も限界だ」

やはり達する時はルーチェの顔を見ていたいと、再度彼女の体を反転させる。

美しく編み込まれた髪はほつれ、着ていたドレスは乱れ、快楽に顔を歪ませるルーチェを見て、オズヴァルドは激しい劣情に駆られる。

そして彼女の体を太ももから抱き上げて、そのまま激しく揺さぶった。

落とされそうで怖いのか、ルーチェがオズヴァルドの首に必死にしがみついてくるのが良い。

「――っ！」

本能のまま彼女を穿《うが》ち、その最奥で溜《た》め込んでいた劣情を吐き出す。

繋がった部分がびくびくと大きく蠢く。

思わず身震いしてしまうような深い快楽の波が引いて、オズヴァルドは大きく息を吐いた。

ルーチェはいまだ絶頂の余韻から抜けられないのか、ひくひくと体を痙攣させながら、ぐったりとオズヴァルドに体重を委ねてくる。

（可愛い……）

きっとこの国のどこを探しても、こんな可愛い女は他に見つかるまい。

荒い呼吸を整え、ルーチェをそっと床に下ろす。

すると足が萎えていたらしく、ルーチェはその場でぺたりとへたり込んでしまった。

慌ててオズヴァルドもしゃがみ込み、彼女へ手を伸ばしたところで。

ルーチェが手を広げ、オズヴァルドを下から抱きしめた。

そして潤んだ目を細め、オズヴァルドのその金色の頭を撫でる。

「……オズ様。どうなさったんです？」

必死になんでもないような顔をしていたが、聡《さと》いルーチェは誤魔化せなかったらしい。

心配そうにオズヴァルドを見つめる目に、泣きそうになる。

こんな時にまで、ルーチェはどうしようもなく優しいのだ。

彼女の存在を、奇跡のように思う。

なによりも散々酷い目に遭いながらも、歪まなかったその心を。

「……君に、捨てられそうで怖いんだ」

だから体だけでも繫げておきたいという、子供じみた独占欲。

ルーチェの手が、よしよしとばかりに、慰めるようにオズヴァルドの頭を撫でる。

「捨てませんし、裏切りませんよ。このまま一生あなたのそばにいる予定です」

だからオズ様も私を捨てないでくださいね。

そう言って笑うルーチェに、オズヴァルドは涙が出そうになった。

それは、『愛している』からではなく、雇用関係のようなもので。

きっと優しい彼女は、言葉通りずっと自分のそばにいてくれるだろう。

かつて母親と婚約者に捨てられ、深く傷ついたオズヴァルドの心を知っているから。

たとえ他に好きな男ができたとしても、それを知るからこそ彼女は、オズヴァルドを裏切ることができないはずだ。

恋心よりも義理や人情を優先し、ずっと自分のそばにいてくれるだろう。

嬉しいような、寂しいような。なんとも形容しがたい気持ちが胸を焼く。

彼女に相応しい男になりたい。彼女が安心して頼れる男になりたい。

できるなら、ルーチェに愛してもらえる男になりたいのだ。

屋敷の中であれば、彼女のそばにいる若い男は自分だけだ。

時間ならたくさんある。きっとそのうち想いを返してもらえるだろうと思っていた。

だが王太子と出会い、二人で完結していた世界が崩れた気がした。

(嫉妬してしまったんだ……)

どの面下げて、という話だが、それが正直な気持ちだった。

――レオナルドとルーチェの間に、あの時、確かに何かがあった。

少なくともレオナルドは、まるで憧憬のような色を瞳に映していた。

もしそれが恋心だったとして。王太子であるレオナルドが本気を出せば、ルーチェとオズヴァルドの婚約など、どうとでもできるだろう。

一見軽そうだが、その気になればどこまでも冷酷に動く男だ。

(奪われたくないいんだ……)

――かつて、あんなにも彼女を冷遇していた分際で。それでもどうしても。

こんなにも依存してしまったのに、今更手放すなどできるわけがない。

今日観た歌劇に出てきた、身の程を弁《わきま》えずに麗しき女王に恋をし、破滅した男の話を思い出す。

優秀だったはずのその男は、女王を手に入れるため、愚かにも叛逆《はんぎゃく》に手を染めるのだ。

そして最後は女王の手にかかり、無残な死を迎える。

けれど、愛する女に殺された彼は、幸せだったのかもしれない。

そんな男に感情移入し、ルーチェをレオナルドに奪われる想像をして、オズヴァルドは絶望に震える。

恋とは、恐ろしいものだ。人を幸福にすることもあれば、地獄に叩《たた》き落《お》とすこともある。

「はいはい。大丈夫ですよー。大丈夫ですからねー」

オズヴァルドを抱きしめたままのルーチェが、呑気に彼の背中を宥めるように撫でる。

完全に子供扱いされているが、実際に子供のような真似をした自覚が大いにあった。

「ルーチェ……ルーチェ……」

――どうか俺を、捨てないでくれ。

オズヴァルドは縋り付くように、彼女の背中に手を回した。

第五章　明かされる真実

今日もルーチェは屋根裏部屋で過ごしていた。

そろそろ冬が近づいてきたので、暖かなショールでも編もうと編み針と毛糸と格闘している。

何か物を作ることは、楽しい。わかりやすく目に見える成果があるからだ。

人が一番病むのは、行動や努力が報われない時だとルーチェは知っている。

だから確実に成果が見える物作りは、精神衛生に非常に良いのだ。

上手に編めたらオズヴァルドの分も作ろうと思ったところで、仕事を終えたオズヴァルドが屋根裏部屋へ入ってきた。

最初の頃は遠慮がちであったが、今では自分の部屋のように堂々と入ってくる。

彼もすっかりこの屋根裏部屋が気に入ってしまったようだ。

そんなオズヴァルドは、なにやら不機嫌そうな表情をしている。

「――ああ。王太子殿下の誕生日を祝うために催されるそうだ。この国の貴族の大多数が出席
「舞踏会、ですか」

することになる」

彼の手にあるのは、王家の紋の入った招待状だった。宛名はオズヴァルドとルーチェの連名となっている。

「え？　もしかして私も出席するんですか？」

「……君も一緒に連れてこいと、わざわざ王太子殿下の直筆で書かれている」

オズヴァルドの眉間の皺が深い。どうやら彼は、ルーチェをその舞踏会に連れて行きたくないらしい。

（まあ、こんな婚約者だと恥ずかしいものね……）

「違うからな」

ルーチェが眉を下げ、自虐的なことを考えてしまったその時。オズヴァルドからすぐさま訂正が入った。

「どうせ君のことだから、自分なんかが俺の横に立っていたら恥をかかせてしまうとかなんとか、くだらないことを考えているんだろうが」

「オズ様すごい……。読心術か何かの特殊能力をお持ちで……？」

「違うからな？」

図星が過ぎて、思わず言った言葉に、またしても即座に訂正が入った。どうやら違うらしい。

「大体君は自己評価が低すぎるんだ。俺は君を恥ずかしいなどと小指の先ほども思っちゃいないし、どちらかといえば君を婚約者だと、周囲に見せびらかしたい気持ちでいっぱいなんだぞ」

「そうなんですか……!?」

「そうなんだよ……！　なんでそこで驚くんだ！」

オズヴァルドが頭を抱えてしまった。

頭頂部でぴょんと跳ねている彼の金色の髪が、なにやら可愛い。

「俺は君を愛しているんだからな！」

「は、はいぃ……」

そんなことを考えていたら、ガバッと顔を上げた彼にまっすぐな目で言われ、ルーチェは動揺した。

今日も婚約者の顔がいい……などと、またしても現実逃避してしまう。

体を重ねるようになってからというもの、オズヴァルドはルーチェへの想いを、まったくもって隠さなくなってしまった。

毎日愛しているだの可愛いだのと耳に胼胝《たこ》ができそうなくらい、繰り返しルーチェに伝えてくるのだ。

人から好意を持たれることがほとんどなかったルーチェは、彼のまっすぐな想いに対し免疫がなく、毎回なぜか申し訳なくなって、しどろもどろになってしまうのである。

「君を連れて行くのが嫌なのではなくて。俺は君と王太子殿下を会わせたくないんだ」

「はあ……」

（なぜ王太子殿下……？）

ルーチェはこてんと首を傾げた。

彼とはオズヴァルドと観劇に行った際、一度お目にかかっただけの相手である。

確かに雲の上のお人に会ってしまったという感激はあったが、それだけである。

「君のことを、殿下がやたらと熱のこもった目で見ていたから……」

「いやー。お隣にあんなにお美しい婚約者様がいて、私に興味を持つことはないと思うんですけど……」

そう、王太子殿下の隣に立っていた、彼の婚約者だという公爵令嬢ときたら。

あんなにも美しい人を、ルーチェは初めて見た。

透き通るような銀の髪に、色っぽくほんの少し眦《まなじり》の垂れた紺碧《こんぺき》の瞳。そして胸。何よりも胸。

どうしたらあんなに豊満になれるのかと、ルーチェは羨ましくてたまらなかった。

ルーチェもこのところ食糧事情が良くなり、薄っぺらかった体にも全体的に肉がついたものの、なぜか胸にだけは、一切追加の肉が付かなかったのである。

つまり全体的にふっくらと太っただけという、悲しい結果だ。

よってルーチェの判断としては、「ない」一択である。公爵令嬢と自分では、比べるのも烏

せん

「ああ、行きたくないな……」

オズヴァルドが心底嫌そうに呟く。仮病を使おうかな、などとぼやきながら。

「そういうわけには参りませんよ。王太子殿下直々の招待ともなれば、お断りはできませんし」

そもそもオズヴァルドは、王太子殿下の側近の一人でもある。

彼が出席しなかったら、王太子との不仲説が囁かれてしまうだろう。

「わかっているんだが……」

「それなら私、地味な格好をして、目立たないよう、ひたすら壁の花をしておりますし！」

するとそれを聞いたオズヴァルドの眉間の皺が、さらに深くなった。

「だからそれが嫌だって言っているんだ。俺は君を着飾らせて、皆にみせびらかしたいんだからな！」

堂々とそんなことを言うオズヴァルドに、ルーチェは胸が温かくなってしまう。

ずっと恥ずかしい存在だと、存在自体が罪だと、蔑まれて生きてきたから。

そんな価値のあるもののように言われると、嬉しくてたまらないのだ。

（オズヴァルド様は優しいなあ……）

しみじみとルーチェはそんなことを思う。

オズヴァルドとの話し合いの上、舞踏会においてルーチェは挨拶だけしたら、とっとと控え室に引き籠ることにした。

ちなみにオズヴァルドも共に引き籠もる気満々である。果たして次期侯爵がそれでいいのか心配になるのだが。

「実はもともと跡を継ぐはずもなかったから、後継者教育などまともに受けていないんだ、俺は。無作法なんざ今更だな」

子供のように悪戯っぽく笑うオズヴァルドがとても可愛い。

「父が死んで兄が死んで、突然国境から呼び戻されてさ。侯爵家の後継はもうお前しかいないって言われてもな……」

誰からも期待されていなかった次男が、この家を継ぐしかなかった。

そして王都に帰ってきてすぐに、祖父から短期間で後継者としての技能を叩き込まれた。

領主としての仕事、社会や経済についての知識、社交のための礼儀やら話術やらダンスまで。

彼の話を聞いていたルーチェは、顔色を変えた。

「お、オズヴァルド様。お話を聞いていて、私、とんでもないことに気がついてしまったのですが」

「……なんだ？」

「舞踏会ということは、舞踏するということですよね……？」

「そうだな。舞踏会だからな。少なくともファーストダンスは避けられんな」

「私……踊れません」

「……なん……だと？」

貴族令嬢であれば、ダンスはできて当然のものである。

だがルーチェは十歳から先、貴族令嬢としての教育を一切受けていない。

「まさか全く踊れないのか……？　円舞曲《ワルツ》すらも……？」

オズヴァルドも、恐る恐る聞いてくる。

「……遠い昔に多少指導を受けましたが、まるで覚えていませんね」

ルーチェはにっこりと笑って、正直に答えた。

できないことをできると偽るのは、後に悲劇しか生まない。もはややけっぱちである。

舞踏会の日程まで、あと一ヶ月もない。つまりその間にオズヴァルドに恥をかかせない程度には、ダンスを覚えねばならない。

おそらく噂の次期セヴァリーニ侯爵夫人として、ルーチェは注目を浴びるであろうから。

(病欠したい……！)

先ほどのオズヴァルドと全く同じことを、ルーチェは思った。

ルーチェとて、恥をかくのは避けたい気持ちがあるのである。

「と、とりあえず練習だ。兎《と》にも角《かく》にも練習だ」

オズヴァルドは顔色を変え、ルーチェの手を引いた。

「円舞曲だけは完璧に踊れるようにしよう。あとは捨てる」

「捨てる……！」

「ファーストダンスは円舞曲と、大体決まっているからな」

「なるほど……！」

とりあえず一曲だけ無難にこなせれば、それでいい。

相方《ペア》として、二人の心は一つになった。

オズヴァルドが口でカウントを取りながら、ルーチェの指導をする。

円舞曲のステップはほとんど三カウントで、覚えやすい。

これくらいなら、なんとかなりそうだ。

「いいか。覚えるのは五つの基本ステップだけでいい。ひたすらそれを繰り返せ。俺ができるだけ派手に踊って誤魔化すから」

「そうですね。どうせ皆さんオズヴァルド様しか見ませんでしょうし」

「また君はそういうことを言う。俺は君を見るからな。むしろ君しか見ない所存だ」

「なんと。びっくり」

「……こら！　足元を見るな！　俺を見ろ！」

「あ、今の言葉、ちょっと格好良かったです……！」

「………………！」

時々照れつつ、時々笑い合いながら、二人は緊張感なく踊り続けた。

ルーチェは元々運動神経が良く、わずかながらも円舞曲の基礎を覚えていたこともあって、それほど時間がかからないうちに、それらしく見えるようになってきた。

ちゃんと踊れるようになれば、あとは楽しいだけだ。

二人で広い屋根裏部屋の中を、心向くままくるくると回る。

「きゃっ……」

「危ないっ……！」

やがて疲れからか足がもつれたルーチェをオズヴァルドが慌てて庇い、体勢を崩してどさりと寝台に傾れ込む。

まるで押し倒されているような状況になってしまい、ルーチェの心臓が跳ね上がる。

彼と抱き合うようになってしばらく経つが、いまだにこの状況には慣れないのだ。

しかも二人して荒い息を吐いている。その様は事後そのものだ。

「……くっ！　あはは……！」

真っ赤になったルーチェが面白かったのか、オズヴァルドが吹き出し声をあげて笑った。

ルーチェも釣られて吹き出し、笑い出した。それまでの緊張が吹き飛ぶ。

「……ダンスって楽しいですね」

「ああ、俺も生まれて初めて楽しいと思った」

――きっと相手が君だからだ。そう言ってオズヴァルドの唇が落ちてくる。

ルーチェは自然と目を瞑る。口付けも随分と慣れた。

柔らかく触れては離れてを繰り返す、優しい口付け。

心地よさに、頭の芯がぼうっとして、視界が潤む。

オズヴァルドが喰むように唇を動かせば、ルーチェはそっと唇の間を緩める。

すると口腔内に、オズヴァルドの舌が忍び込んでくる。

相変わらず自分の内側に他人を受け入れる、この感覚には慣れない。

「んっ……んう……」

オズヴァルドの舌に懸命に応えているうちに、彼の手がルーチェのドレスを脱がし始めた。

ルーチエも手を伸ばし、オズヴァルドの服を脱がし始める。

オズヴァルドは嬉しそうに笑った。

一方通行ではないことを、彼はとても喜ぶのだ。

ルーチェはいまだに、オズヴァルドに対し愛という言葉を使ったことがない。

オズヴァルドのことは好きだ。捻《ひね》くれているくせに妙に素直なところも、賢いのに時折愚かな行動に出てしまうところも、可愛くて仕方がない。

けれど、これを恋や愛と呼んで良いものか、ルーチェにはわからないのだ。

幼き頃、母がよくルーチェに『愛している』と言ってくれた。

その言葉がとても嬉しかったことを、今でもよく覚えている。

自分が母にとって、特別な存在であったということが、たまらなく嬉しかった。

当時のルーチェにとって、母は全てであった。何もかもを母に委ねていた。

その時の感覚と、いまルーチェの胸にある感覚は別のものだ。

「ルーチェ。愛している」

口づけの合間に、肌を触れ合わせる瞬間にオズヴァルドはいつも愛の言葉を紡ぐ。

自分の中の想いに気付いてから、彼は一切言葉を惜しまない。

その度に、ルーチェの心は締め付けられる。

オズヴァルドはわかりやすく、ルーチェを特別だと言ってくれる。

同じ気持ちを返したくてたまらないのに、けれど心のどこかで制止が入るのだ。

互いの衣服を全て剝《は》ぎ取って、生まれたままの姿でまた寝台に身を沈める。

オズヴァルドがとろりと目を細め、ルーチェの体の線を辿るように見つめる。

ルーチェもまた、オズヴァルドを見つめる。

侯爵家の後継となり軍から離れた今でも、鍛錬は欠かさないというその体は、逞しい筋肉がついていて、しなやかで美しい。

きっとルーチェもオズヴァルドと同じように、熱のこもった目で彼を見つめているのだろう。

オズヴァルドの手が伸びてきて、ルーチェの肌に触れる。

その瞬間、なんとも言えない充足感が満ちる。

この美しく高貴な男が、自分のような何も持っていない女を愛し、欲情してくれる。

そんなことで、自分の存在意義が満たされた気になってしまうのだ。

(だからきっと、彼を愛していると言えないんだわ……)

これは自分自身を愛せないルーチェが、オズヴァルドからの愛に己の価値を見出《みいだ》してしまうという歪んだ構図だ。

愛ではなく、依存なのだ。——だから。

オズヴァルドに自分の全てを委ねてしまうことが、恐ろしくてたまらない。

ルーチェに捨てられたくないとオズヴァルドは言うが、捨てられたら困るのは実際にはルーチェの方だろう。

こうして彼に触れてもらえる間は、捨てられずに済む。

けれどこの思考自体、愚かしいこともよくわかっていた。

「あ……やっ……」

オズヴァルドの手が、唇が、ルーチェの身体中を這《は》い回《まわ》る。

それらはやがて下肢の方へと辿り、ルーチェの脚の合間に、オズヴァルドの唇が落とされる。

「だめっ……!」

彼が何をしようとしているのかを察し、ルーチェは慌てて脚を閉じようとした。

だがすでに彼の体が脚の合間に入り込んでいて、閉じることができない。

そこは不浄の場所だ。決して口を付けて良いような場所ではない。

「そこは、だめです……」

弱々しく訴えれば、渋々と言った感じでオズヴァルドが顔を上げた。

「なんでだめなんだ？　俺は触れたい」

「だって、汚いもの……」

「汚くなんかないだろう？　俺は気にしない」

だが自分は気になるのである。ルーチェは泣きそうになった。

「いいだろう？　絶対に気持ち良くしてやるから」

己の股の間から、上目遣いで色気ダダ漏れで言われ、ルーチェの心は折れた。

基本的にルーチェは、生まれ育った環境のせいで自己肯定感が低く、乞われると否と言うのが難しい性質である。

小さく頷けば、熱く濡れたものが、秘裂に這わされた。

指とは違うその感触に、ルーチェは思わず腰を小さく跳ねさせる。

「やあっ……！」

だが逃すまいとオズヴァルドに脚を押さえつけられて動けない。

そのまま割れ目に舌が差し込まれ、その内側を探り出す。

やがて固く痼《しこ》った神経の塊を舌先に捕らえられ、舐め上げられてルーチェは身悶える。

さらに蜜口には指を差し込まれ、中からも刺激されて。

「あああああっ！」

ルーチェはオズヴァルドの頭を太ももに挟み込んで、あっという間に絶頂に達してしまった。

「達するのが随分と早いな。そんなに気持ちが良かったのか？」

などと脚の間から、オズヴァルドが意地悪く聞いてくる。

恥ずかしいし悔しいが確かに気持ちが良かった。

ルーチェが顔を真っ赤にして頷くと、オズヴァルドはまたひどく嬉しそうな顔をした。

オズヴァルドは自分の欲望を満たすより、ルーチェに快楽を与える方を優先する。

そんなところにも、彼の愛を感じてしまう。

オズヴァルドはルーチェの中から指を引き抜くと、代わりに己のものをルーチェの蜜口に当てた。

まるで期待するように、そこがひくりと蠢くのを、ルーチェは自覚する。

彼が欲しいと思う。自分の中の奥の奥まで、満たしてほしいと思う。

「ルーチェ、いいか？」

オズヴァルドの懇願に、ルーチェはやはり真っ赤な顔で頷くしかできない。

するとルーチェの中を、暴力的なまでの質量が入り込んでくる。

「――――っ！」

これまでも何度も彼を受け入れてきたけれど、やはりこの瞬間の圧迫感は、いまだ慣れない。

それでも待ち侘びていたその感覚に、きゅうきゅうと膣内がオズヴァルドを締め付けるように動いた。

「くっ……」

オズヴァルドが何かを堪えるように呻く。

彼にそんな顔をさせているのが自分だと思うと、心が仄暗《ほのぐら》い何かに満たされる。

「……そんなに気持ちが良いですか？」

「んなっ……！」

先ほどのお返しとばかりに少し悪戯っぽく笑ってそう聞けば、今度はオズヴァルドの顔が真っ赤に染まった。

まさかやり返されるとは思わなかったのだろう。アワアワとしている彼が、とても可愛い。

「……ああ。今すぐにでも持って行かれそうなくらいにな……！」

しばしの逡巡《しゅんじゅん》の後、早口で悔しそうにそう言って、オズヴァルドは口元を押さえた。おそらく恥ずかしいのだろう。

ルーチェはしてやったりという気持ちになった。――だが。

「ああっ……！」

仕返しなのか照れ隠しなのか、オズヴァルドに膣壁を激しく擦り上げられながら奥まで穿たれ、ルーチェはまたしてもあっさりと達してしまった。

快感のあまりひくひくと体を戦慄かせるルーチェに気をよくしたのか、オズヴァルドはそのまま激しく揺さぶり続け。

ようやくオズヴァルドがルーチェの奥深くで吐精した頃には、ダンスの練習から続く疲労で、ルーチェの意識は朦朧としていた。

絶頂による快楽の波が収まった頃、汗ばんだオズヴァルドの体が、ルーチェの上にゆっくりと落ちてくる。

重いのに、その重さを不思議と心地よく感じる。

耳元で吐き出される荒い呼吸すら愛おしい。

そしてオズヴァルドはルーチェを胸元深くに抱え込む。どこにもやらないとばかりに。

なぜか不思議と涙が溢れて、ルーチェは彼の胸に頬を擦り寄せ、目を伏せた。

◇◇◇◇

——舞踏会当日。

荘厳な王宮を前に、ルーチェは恐れ慄いていた。

次々に王宮へ入っていく、美しく着飾った人々。なんせ王太子殿下の誕生を祝う席だ。

国中から爵位を持つものたちが、王宮に集まっていた。

「やっぱり自信がありません……！　オズ様の足を踏む未来しか見えない！」

「踏んでもいいから、俺の顔を見て笑ってろ。君の体重なんて、俺にとっちゃ痛くも痒《かゆ》くもないからな」

「今日も格好良いですオズ様！　一生ついていきます……！」

「おう、ついて来い」

「ちなみにヒールで踏んでも大丈夫ですか？」

「お、おう。多分な」

とにかく笑顔で、余裕がありそうに見せればいい。ルーチェはひたすら自分に言い聞かせた。

今日、ルーチェが身に纏っているのは、薄い藍色の全面に銀糸で花柄の刺繍を入れた、セヴァリーニ侯爵家の財力を見せつけるような、豪奢なドレスだ。

表面にキラキラと輝いているのは、散りばめられた小さな金剛石《ダイヤモンド》だ。

身につける時、そのあまりの豪華さと重さにルーチェは泡を吹きそうになった。

彼女の首と耳を飾るのは、大きな青玉《サファイア》。

オズヴァルドの瞳によく似た、美しい宝石だ。

大きな石のその周囲には、やはり小さな金剛石が施されている。

すべて今日のために、オズヴァルドが注文し作らせたものだ。

ちなみにオズヴァルドは、カフスボタンに色味の薄い紫水晶《アメシスト》を使用している。

もちろんそれは、ルーチェの瞳の色だ。

本来紫水晶はさほど高価な宝石ではない。とくに色味が薄いほど価値が下がる。

そんな価値の低い宝石をあえて使うのは、ルーチェの瞳の色に合わせたからに他ならない。

互いの色を衣装に使うのは、親密な関係であることを周囲に知らしめることになる。

――つまりは、次期セヴァリーニ侯爵が、どれほど婚約者を愛しているのかということを。

会場入りする前から、周囲の視線が二人に集まっていた。

若干引き攣りつつも、ルーチェは必死に笑顔を顔に貼り付けていた。

笑いたくなくとも笑うのは、得意だ。これまで生きていく上で、必須の技能であったから。

「どいつもこいつも勝手に俺のルーチェをじろじろ見やがって」

「いやぁ、皆さんがご覧になっているのは、私じゃなくてオズ様だと思いますよ」

「………………」

ルーチェの言葉に、オズヴァルドが呆れたようにため息を吐いた。

纏う色彩は確かに地味だが、ルーチェは整った容姿をしている。

だが彼女は頑なに自分は大した容姿ではないと、思い込んでいた。

虐げられた長い年月で、ルーチェは自分の価値がわからなくなっていたのだ。

「まあ、いい。俺だけがわかっていればいい話だからな」

「はあ。そうですね。オズヴァルド様に可愛いと思っていただければ私は満足です」

そう言ってニコニコと笑うルーチェに、オズヴァルドは両手で赤くなった顔を覆った。

「可愛い。君はとても可愛い」

恥ずかしそうにしながらも、ルーチェを喜ばせようと必死に言葉を紡ぐ彼こそ可愛いと思う。

その語彙力が貧相なことなど、まるで気にならない。貴族としての感覚が薄いルーチェには、むしろわかりやすくてまっすぐで、ありがたいくらいだ。

「……君は天使だ」

そしてやっぱり未だに天使認定をされているらしい。ルーチェは小さく笑みをこぼした。

ようやく、会場となる王宮の大広間に入る。

神の誕生から始まる、この国の歴史が描かれた天井画の下、水晶《クリスタル》で作られた巨大なシャンデリアがいくつも吊り下がり、金で塗装された女神が松明《たいまつ》を掲げる意匠の大きな燭台《しょくだい》が、何百も大広間を囲っている。

そして、歴代国王のものと思われる大きな肖像画が見下ろすように高い壁に飾られている。

あまりの絢爛豪華な空間に、ルーチェは唖然としてしまった。

長き戦争により、国全体が貧しくなっている中での、この贅沢。

国民が知ったら集団街頭行進《デモ》が起きそうな規模である。

根っからの貧乏性だからだろうか。度を超えた贅沢には、不思議と恐怖を覚えてしまう。

「圧巻ですね……」

ルーチェが掠《かす》れた声で言えば、オズヴァルドは肩を竦めた。

現国王は浪費家で知られる。国庫は湯水のように溢《あふ》れ出ると思い込んでいるのだ。

そのせいで何度も王太子《レオナルド》とぶつかっており、国王は彼を疎んじている。

それでもレオナルドはたった一人の息子であり、後継は彼しかいない。

(陛下に他に御子《おこ》がいらしたら、レオナルド殿下の立太子は難しかったでしょうね……)

オズヴァルドも、ルーチェに対するレオナルドの態度には警戒しているものの、彼自身については臣下として忠誠を誓っているらしい。

彼がいなかったら、この国は未だ泥沼の戦争から抜け出せず、まるで暖炉に薪を放り込む如く、さらに多くの若者たちが戦場に送られていたことだろう。

やがて大広間にやってきた国王はでっぷりと肥え太った、体を動かしたことなどほとんどなさそうな中年男性だった。

息子の誕生を祝う場だというのに、愛妾《あいしょう》たちを侍《はべ》らせ、気だるそうにだらしなく玉座に座っている。

一方王太子は、来客たちに積極的に声をかけ、細々《こまごま》と動き回っている。

誰がこの国を導くにふさわしいか。誰の目にも明らかだった。

「国王陛下がご臨席なさるなど、珍しいな」

オズヴァルドが不思議そうな声を出した。

これまで王太子関連の行事に、国王はほとんど顔を出さなかったらしい。

そのことからも、国王と王太子の関係が深刻な状態であることがわかる。

「血を分けたご子息でいらっしゃるのに……」

「……むしろ血を分けているからこそ、どうにもならないこともあるんだろう」

かつて、実母との断絶を経験しているオズヴァルドの無情な言葉に、ルーチェは肩を落とした。

ルーチェとて、実の父から母共々捨てられているのだ。

確かに血のつながりなど、なんの意味もないのかもしれない。

だがアルベルティ伯爵家で迫害を受けていたルーチェは、その理由を自分が養女であり血のつながりがないからだとして、己を慰めてきたのだ。

血のつながりにすら縋れないのなら、人が生きていくのは、なんと難しいことか。

「今、我が国は国王派と王太子派に別れている」

「なるほど。そしてオズヴァルド様は王太子派ということですね」

「……ああ。まだまともそうな方を選んだ、というだけだがな」

不敬極まりないことをオズヴァルドはこぼす。ルーチェは慌てて周囲を見渡した。

セヴァリーニ侯爵家の後継に、叛意《はんい》有りなどと噂されたら大変だ。

すると、ルーチェはこちらを凝視している人集りに気付いた。

「………………!」

それが誰かに気付いたルーチェの体が竦む。心臓がバクバクと嫌な音を立て始めた。

己の腕にある彼女の手の震えに気付いたオズヴァルドが、彼女の視線の方を見やる。

「……なるほど」

オズヴァルドから、これまで聞いたことがないほど低く、冷たい声が漏れた。

そこにいたのは、かつてルーチェの家族であった、アルベルティ伯爵一家とその取り巻きだった。

アルベルティ伯爵夫人は忌々しいものを見るように、こちらを睨みつけている。

するとオズヴァルドはこれ見よがしにルーチェに微笑みかけた。

愛しくて仕方がないというように、甘く、甘く。

ルーチェはその顔に見惚れる。大丈夫だと言外に言われている気がした。

それからオズヴァルドは、ちらりと横目でアルベルティ伯爵を見やる。

それを話しかけても良い許可とでも思ったのか、図々《ずうずう》しくも彼らはこちらへ近付いてきた。

「オズヴァルド様、お久しぶりでございます」

「ああ」

一応は、婚約者の両親ということになるからか。

オズヴァルドは伯爵を無視することはせず、最低限の礼儀だけ尽くすつもりであるようだ。

「おお！　我が娘ルーチェよ。お前も元気にしていたか？」

そして養父が、いやらしい笑みを浮かべて、のうのうと馴《な》れ馴《な》れしく話しかけてきた。

（——笑え。できるだけ幸せそうに）

ルーチェは必死に心の中で、己に言い聞かせる。

嫌いな人間の幸せそうな姿こそが、きっと彼らにとって最高の嫌がらせだろうから。

その時、オズヴァルドの手が、励ますように彼女の肩に優しく回された。

一気に心強くなったルーチェは、真っ直ぐに養父を見つめ口を開いた。

「はい、オズ様に大切にしていただいて、毎日幸せに過ごしていますわ」

ちなみに彼らの前で『オズ様』とオズヴァルドを愛称呼《アピール》びしたのはわざとである。

それを許されるだけの、深い仲であるという主張。

それからルーチェは、満たされた顔で花開くように笑った。

その可憐さに、周囲から感嘆のため息が漏れる。

かつてアルベルティ伯爵家で暮らしていたころとは比べものにならないほどに、ルーチェは美しくなっていた。

精神的負担《ストレス》が減り、まともに食事がとれるようになり、周囲から愛され大切にされるようになって、本来のあるべき姿に戻ったのだ。

そして彼らに、完璧な貴婦人の礼をする。

着ているドレスを、着けている宝飾品を、見せびらかすように。

それら全てが、セヴァリーニ侯爵家の財力を見せつけてくれる。

伯爵の隣にいる養母は、かろうじて微笑みを保ちながらも、扇を手が真っ白になるくらいの強い力で握りしめていた。

きっとさぞかし悔しくて、さぞかし憎たらしいのだろう。

養母のその姿に、密《ひそ》かにルーチェの溜飲《りゅういん》が下がる。

彼女に対し明確に復讐《ふくしゅう》を望んだことはなかったが、確かに晴らされた何かがあった。

「ルーチェ嬢のおかげで、私も毎日が幸せだよ」

そう言って、オズヴァルドはルーチェの頭頂部に愛おしげに口づけを落としてみせた。

裕福で若く美しい次期侯爵の愛を一身に受ける、可愛らしい婚約者。

それは、貴族令嬢が憧れる、全てを手に入れた姿だった。

「まあ！　恥ずかしいですわ。オズ様ったら」

ルーチェも彼の腕に愛おしげに体を擦り寄せてみせる。

オズヴァルドも満更ではなさそうな表情をしている。

我ながら、なかなかに良い演技ができた。

それを見たアルベルティ伯爵の手が、ブルブルと小刻みに震えている。

かつて愛した女によく似たその娘が、また他の男を愛しているのが気に食わないのだろう。

ざまあみろ、と思う。彼の望んだものは、もう絶対に手に入りはしないのだ。

そして、狙いだったであろう、婚約破棄に伴う違約金も。

「……久しぶりに会えたのです。娘と二人きりで話をさせてもらえませんか？」

おそらく、金の無心をするつもりなのだろう。

オズヴァルドさえいなければ、未だにルーチェが自分の言うことを聞くと思っているのだ。

また手が震えた。言いたいことを言える自信は、まだなかった。

「ほう。ここでは言えないことなのか？」

「愛しい娘と、親子水入らずで語らいたいのです」

その言葉に、オズヴァルドは酷薄そうに顔を歪めて笑った。

「なるほどな。だが私は、その愛しい娘とやらにまともに食事を与えず、使用人のように扱《こ》き使《つか》い、屋根裏部屋に放り込んでいたという人間と、大切な婚約者を二人きりにするつもりはないんだ」

伯爵の顔が盛大に引き攣った。

ルーチェが自分のかつての状況を、オズヴァルドに話しているとは思わなかったのだろう。

「それに婚約時にうちから多額の支度金を払っただろう？　私にそれ以上のことをする義理はないな。悪いがこれ以上あなたたちと馴《な》れ合《あ》うつもりはない。二度と関わらないでくれ」

敵と見做《みな》した相手に対し、オズヴァルドは容赦のない人間だった。

アルベルティ伯爵の要望を素気無く切り捨てると、ルーチェの肩を抱いて踵《きびす》を返し、その場を後にする。

悔しそうな伯爵一家の顔を見て、ルーチェは胸が震えるのを感じた。

自分を傷つけた大嫌いな人間が、その報いを受ける様に心が沸き立ってしまったのだ。

己の中に、こんなにも醜く暗い感情があるなんて。

「ちなみにその支度金をとっくに使い切ったことは、調べがついている。アルベルティ伯爵家が破産寸前であることもな」

オズヴァルドが悪戯っぽく笑って、ルーチェの耳元で囁き、その復讐心《ふくしゅうしん》に加担してくれる。

「奴らが順当に不幸になる様を、高みから共に眺めようじゃないか」

かつてオズヴァルドのために、彼を傷つけた人たちの不幸を祈ったことがあった。

おそらく彼は、同じことを申し出てくれたのだ。

「……守ってくださって、ありがとうございます」

きっと一人では、どうにもできなかっただろう。下手をすれば、またしても彼らの言いなりになっていたかもしれない。

涙が込み上げそうになったが、必死に堪える。

今の自分は次期セヴァリーニ侯爵夫人なのだ。

自分の行動は、オズヴァルドの評価となってしまう。

よって、公の場でみっともない真似は、絶対にできないのだ。

「……正直、すっきりしました」

ルーチェはようやく過去のしがらみから抜け出し、オズヴァルドと共に歩く未来を見据えることができた気がした。

するとオズヴァルドは、小さく声を上げて笑った。

やがて、大広間に最初の音楽が流れ出した。予定通り、円舞曲だ。

うっかり違う曲が流れたら詰むところだった。ルーチェはホッと胸を撫で下ろす。

基本的に、身分の高いものから踊り出すことになっている。

国王陛下がやはり気だるそうに、娘のような年齢の愛妾の手をとって踊り出した。

こんなところにまで妾を連れ込むなんてと、周囲が眉を顰めるが、本人は気にしている様子はない。

次に王太子とその婚約者である公爵令嬢のはずだが、今日に限って王太子の隣に公爵令嬢がおらず、彼は相手《パートナー》がいないからと、ダンスを辞退した。

「あら……？」

「……フィロメナ嬢は、今日はご欠席か」

王太子の誕生日を祝う場だというのに、その婚約者が欠席など、本来ならあり得ない事態である。

オズヴァルドの目に、不安そうな色が宿る。

どうやら彼は、王太子がルーチェに恋心を持っているのではないかと心配しているらしい。

（……そんなわけないのに。オズ様ったら心配性なんだから）

屋根裏部屋に住む使用人扱いのなんちゃって伯爵令嬢が、侯爵子息の婚約者となったこと自体、とんでもない成り上がりなのである。

この上、王太子殿下までもがルーチェに恋をするなど、あり得ない。

非現実的にも程があるだろう。巷《ちまた》に溢れる恋愛小説だって、もう少し現実味があるはずだ。

オズヴァルドが跪《ひざまず》き、ルーチェに手を差し伸べる。

「踊っていただけますか？　愛しい人」

まるで貴公子のようなその姿に、ルーチェは目を見開き、そして弾けるように笑った。

「ええ！　喜んで！」

オズヴァルドの手のひらに自分の手を乗せれば、ぐいっと引き寄せられ、彼の腕の中に囲われる。

ルーチェにしか聞こえない小さな声で、オズヴァルドがカウントを取ってくれるのが、何やらおかしくて愛おしい。

共に足を踏み出し、ダンスの輪に加わる。

(足元は見ない！　見るのはオズヴァルドの目をじっと見つめる。

微笑みを浮かべて、オズヴァルドの目をじっと見つめる。

すると照れたように、彼が少しだけ目を逸らした。

自分で『俺を見ろ』と言っておきながら、いざそれをされると恥ずかしいらしい。

そんな彼が可愛くて、作ったのではないルーチェ本来の笑顔が溢れてしまう。

オズヴァルドが華麗に踊ってくれたおかげで、基本の五ステップだけでルーチェは一曲を乗り越えることができた。

思ったよりも楽しかったと、互いに微笑み合う。

そして二人でダンスの輪から外れ、周囲を見渡す。

もう一つの義務《ノルマ》もさっさと果たしてしまいたいからだ。

すると目的であるレオナルド王太子が何故か一人で、とある肖像画の前で立っていた。

「お一人のようだから挨拶してしまおう。そして、できるだけ早くこの場から出よう」

オズヴァルドの言葉に、ルーチェは頷き、二人で寄り添ってレオナルドの元へと向かう。

そんな二人に気づいたレオナルドが、へらりと笑って手を上げた。

「おお！　二人とも！　久しぶりだな！」

「殿下。この度はおめでとうございます」

オズヴァルドが慇懃《いんぎん》に礼をし、ルーチェも必死に覚えたカーテシーをする。

レオナルドはそんなルーチェをじっと見つめ、それからまた目の前の肖像画を見上げた。

「まあまあ、そんなことよりも、これを見てくれたまえ。これはオクタヴィア女王陛下の肖像画なのだが」

言われるまま、オズヴァルドとルーチェも目の前の肖像画を見上げる。

オクタヴィア女王は、今から四代ほど前の女王だ。

国民人気も高く、あまり教養のないルーチェでも名前を知っているほどの、名君。

(まあ！　綺麗な方……。でも、なんだか……)

どこか既視感があるのは何故だろう。すると隣でオズヴァルドの喉がこくりと鳴った。

「そなたに似ているだろう？」

レオナルドに言われ、そこでルーチェは既視感の正体を知る。

そう、彼女はルーチェに少し似ているのだ。――なによりも、その紫の目が。

ルーチェの目は灰色ががっており、女王ほど鮮明な紫ではないが。それでも間違いなく紫。

紫の目は非常に珍しい。――というか、ルーチェは自分以外に紫の目を持っている人間を、見たことがない。

今、目の前にある、オクタヴィア女王陛下の肖像画以外には。

「オクタヴィア女王陛下だけではない。ほら、見てみるといい」

王太子が指差す先を見れば、そこには即位順に並べられた歴代の王の肖像画があった。

オクタヴィア女王より前の王は、全員、紫の目をしていた。

「……どういうことです?」

隣にいるオズヴァルドから、乾いた声が漏れた。

「『紫』というのは、この国の王族特有の色なのだよ」

だが、そう言う王太子の目は、紫ではなく春の野のような、明るい若草色である。

意味がわからず、ルーチェは目を瞬かせた。

「……まあ、ここ三代は顕現していないのだが。なんでもこの紫の目は、神代に神の血が混ざったという証拠らしい」

レオナルドは小馬鹿にするように、肩をすくめてみせた。

おそらくレオナルド自身は、その話をまるで信じていないのだろう。

むしろ彼は、神すらも信じていない気がする。

「まあ、世界には三人くらい自分にそっくりな人間がいると言いますからね……」

ルーチェは慌てて誤魔化すように、適当なことを言ってみた。

嫌な予感が止まらない。今すぐにでもここから離れたくて仕方がない。

するとレオナルドが出来の悪い子供を見るような目で、ルーチェを見てため息を吐く。

「……だから、残念ながらさっきも言った通り、紫色の目は王家の血を継ぐ者のみに顕現する色なのだよ。つまりは――」

これ以上は聞きたくなくて。思わずルーチェが耳を塞ごうとした、その時。

「ああ、本当だ。お前が言った通りだったな」

にやにやと下卑た笑みを浮かべながら、この国の王が重い足音を立てて近づいてきた。

オズヴァルドが真っ青な顔をしながらも膝をついたので、ルーチェも慌ててそれに倣う。

「紫の目！　紫の目だ……！」

王はそう言って、ルーチェの顎をがしりと手で無遠慮に掴むと、その目を覗き込む。

それはどこか、狂気を感じさせる様子で。

気色ばみ、王を制止しようとしたオズヴァルドを、王太子が手で止める。

「ルーチェ嬢。そなたのその目を見てから、色々と調べさせてもらった。そなたの母君は、今は亡き私の叔父上の専属侍女だったのだとか。叔父上が戦死された後、王宮を辞し実家である男爵家に戻ったそなたの母君は、叔父上の子を孕《みごも》っていた。――つまりそなたは、私の従姉妹《いとこ》ということになる」

レオナルドの言葉にルーチェは全身から血の気が引くのがわかった。

母は死ぬまでルーチェの父親について、具体的に語ることはなかった。――それは何故か。

父が、口に出せぬほどのやんごとない身分だった上に、すでに故人だったからだ。

娘を守るため、彼女は沈黙を選んだのだ。

（信じられない……）

まさか自分が、この国の王族の血を引いているなどと。

母も死ぬ前に、娘本人には事情を話していってほしい。天国まで苦情を言いに行きたい気分だ。

だが、今になって思えば、捨てられたというのに母が父を悪く言う姿を見たことがない。

『母様はね、ルーチェのお父様のことを心から愛していたわ』

それどころか、いつもそんなことを、懐《なつ》かしげに、夢見るような目で言っていた。

だから、ルーチェがお腹にいると知ったとき、絶対に産もうと決めていたのだと。

――戦場で死んでしまった、身分違いの恋人の忘れ形見。

未婚の身で、誰からも祝福されないとわかっていて、それでもルーチェを産もうと決めた、母の気持ちがようやくわかった。

「……悪いがそなたは、王室に引き取らせてもらう。貴重な王族だからな」

確かに今、我が国の王族の数は少ない。現王の子はレオナルドただ一人だ。

多くの愛妾を抱えながら、子を孕んだのは王妃だけだ。

ルーチェとオズヴァルドの周囲を、王が連れてきた近衛騎士が囲む。

「お待ちください！　ルーチェは私の婚約者です！」

「ああ、そうだな。だが所詮は婚約だろう？　しかもそなた、結婚したくないからと、これまで彼女を屋根裏部屋に押し込めていたそうではないか」

今更何を、と小馬鹿にしたようにレオナルドが嘲笑《あざわら》う。

オズヴァルドが唇をくやしげに噛み締めた。

違うと言いたくとも、表面上それは事実であった。

確かにオズヴァルドは、当初ルーチェを追い出そうとしていたのだ。

今はでろでろに甘やかすだけ、甘やかしているけれど。

「……そして王族の結婚は、国王たる父上が決めるものだ。悪いがルーチェの養い親ごときが勝手に決めた婚約は無効となるな、セヴァリーニ卿。……王族でも神が認めた婚姻を無効にすることは難しいが、婚約くらいならいくらでもなかったことにできる」

兄の喪中など守らず、とっとと結婚していれば、こうして奪われることもなかったのに。

レオナルドはそう言って、安堵したように笑った。

「ルーチェ……！」

だがオズヴァルドはレオナルドの制止を振り払い、ルーチェに手を伸ばそうとした。

「いけません！」

それを見たルーチェは思わず怒鳴る。

いくら侯爵家の後継といえど、王族に逆らえば命はない。

初めて彼女に怒鳴られたオズヴァルドは、驚きその場に固まってしまう。

「……私は、王太子殿下と共に参ります。ですからオズ様は、もうお帰りになって」

ルーチェは必死に顔に笑顔を貼り付けた。オズヴァルドをここから無事、家に帰すために。

もう会えないかもしれない。それなら自分の笑顔を覚えていてほしい。

どうしても泣き笑いになってしまうのは、どうか許してほしい。

そして近衛騎士たちに周囲を固められたまま、王太子や国王と共にルーチェは大広間を後にした。

――その場に残されたのは、茫然自失したオズヴァルドだけだった。

逃げ出すことも、自死もできないよう、周囲を騎士に囲まれたまま、ルーチェはレオナルドと共に王宮の奥へと続く長い廊下を歩く。

国王はルーチェの目を見て満足したのか、愛妾の肩を抱いて、とっとと自室へ戻っていった。

一方隣を歩くレオナルドは、何やら鼻歌でも歌い出しそうなほどに上機嫌だ。

もしルーチェが本当に王族だというのなら、彼の王位継承を脅かす存在だというのに。

「……何故、そんなに喜んでおられるのです？」

ルーチェの言葉に、レオナルドは片眉を上げげた。

「これで私を苛んできた全てに片がつくからだな」

彼はもしや王位を望んでいないのだろうか。そう考えれば全てに納得がいく。

「ふふ。我ながらいい仕事をした。あの舞踏会なら国中から高位貴族共が集まっているからな。そこであえてそなたが王家の血を継いでいるという事実を大っぴらに見せつけてやったのだ。おかげでいちいち説明する手間が省けるだろう？　これで一気にこの情報が国中に回るはずだ」

やはり彼は、わざわざあの場で、あんなにも声を張り上げて、ルーチェの出生の秘密を周囲に暴露し見せつけたのだ。

全てが彼の思惑通りになった。今頃会場中が新たなる王女の誕生に、良くも悪くも湧いていることだろう。

つまりルーチェは、オズヴァルドの元へは帰れなくなってしまったということで。

（オズ様には、もう一生会えないのかもしれない……）

そう思った瞬間、ルーチェの心を、途方もない悲しみが襲った。

ずっと、この感情を恋ではないと、愛ではないと思い込んでいた。

だがこんな状況になって初めて、ルーチェはオズヴァルドへの想いが恋であり、愛であると自覚した。

――もう、どうにもならない状況になって。今更。

自覚した途端に苦しみが襲い、涙がぼろぼろと堰《せき》切ったように溢れ出し、ドレスの裾にシミを作る。

「どうした？　王族になれるというのに、何をそんなに泣く？」

レオナルドが不思議そうに聞いてきた。

彼としては、これを喜ぶべき状況だと思っているらしい。

「私は王族になりたいなどと、望んだことはありません」

「ふうん。権力は欲しくないのか？」

いくらでも他人を自分の思い通りにできるのだぞ。すごくないか？　などと無邪気に笑うレオナルドに、ルーチェは唇を噛み締める。

そんなものは、いらなかった。もともと多くを望む性質《タチ》ではない。

ルーチェはただ、あの屋根裏部屋とオズヴァルドがいれば、十分幸せだったのだ。

王宮の最奥、国王の家族が暮らす区画にある代々の王女が使っていたという部屋に、ルーチェは連れて行かれた。

可愛らしく桃色と花柄で統一された壁紙や絨毯《じゅうたん》やリネン。白に金の装飾がついた豪奢で目に眩しい家具類。

王女の部屋だけあって、やはり大広間と同じく絢爛豪華で可愛らしい内装だが、それにルーチェの心が動くことはなかった。

蔓薔薇の刺繍が施された長椅子に、疲れ果てたように座る。

猫足のテーブルを挟んで向かいの席に、レオナルドは悠々と、当然のように腰をかけた。

「さあて、何から話そうか……」

弾んだ声で言われ、ルーチェは違和感が拭えない。

なんせレオナルドはずっとへらへらと笑っていて、逆に感情が読めず、何を考えているのか全くわからないのだ。

ある意味、彼は無表情なのだろう。

「まず初めに、どうやら私は、国王たる父上から王妃たる母上の不貞の子だと疑われていてね」

「………はあ」

（いきなり重い……重すぎる……）

酷く重い話から始まり、ルーチェの多少腐ったものを食べても大丈夫なはずの鋼鉄の胃が、引きちぎれそうになった。もう少し手心を加えてほしい。

「まあ、結婚して五年が経っても母上に懐妊の兆しがなかったからな。さらには手の指じゃ足りないほどの多くの愛妾を抱えておいて、その誰もが子を孕まなかった」

その頃になると、誰もが察していた。現国王に生殖能力がないことを。

王自身は、王妃や愛妾たちの方に原因があると言い張っていたようだが。

その状況下で、結婚五年目にして王妃が懐妊したのだ。

――それを奇跡と考えるか、それとも王妃の不貞を疑うか。

もし、レオナルドが王家特有の紫の目を持っていたのなら。

きっと誰もがその出自を疑わなかっただろう。

けれどレオナルドは、母によく似た若草色の目を持って生まれた。

更には、黒髪が多い王家において、亜麻色の髪色で生まれたのだ。

「父は母を疑いながら、それでも種無しと蔑まれるよりマシだと思ったらしくてね。私を嫡子と認めたのだよ。本当、無能なくせに無駄に自尊心だけは高くていらっしゃる」

不敬がすぎて震えるが、これまでレオナルドが周囲から受けてきたであろう扱いを考えれば、致し方ないことなのかもしれない。

「……本当に殿下は……」

「それでも母は、私を父の子だと一貫して主張していた。だがそれを証明する手段などないのだ。……しかも何も語らないまま、五年ほど前に亡くなってしまった」

王妃の不貞の証拠もなければ、レオナルドを王の子だと証明することもできない。

つまり『悪魔の証明』ということだな、とレオナルドは皮肉げに笑った。

生まれてから今まで、彼はどれほど深く傷つけられてきたのだろうか。

レオナルドが良き王太子たらんと必死なのは、おそらく己に流れる血に自信がないからで。

アルベルティ伯爵家において、冷遇された理由を『血』に求めていたルーチェは、身をつまされる気がした。

オズヴァルドの言う通り、『血』など所詮、体を流れる液体に過ぎないのだ。

――あのどうしようもない正当な血筋の愚鈍な王よりも、血を疑われているレオナルドの方が明らかに施政者としての適性があることを考えれば。

「さてルーチェ。そなたには二つの道がある。一つは私の妻となり、王妃になること。もう一つはそなた自身がこの国の王となることだ」

「……………はぃ?」

そのあまりにもありえない選択肢に、思わずルーチェの口から間抜けな声が漏れた。

伯爵家の養女として屋根裏部屋で使用人同然の生活をしていた頃から、まだ一年も経っていないというのに。

突然次期侯爵夫人となり、今度は次期王妃、もしくは次期女王陛下ときた。

（もう勘弁してください……！）

ルーチェは心の中で神に苦情を叫んだ。流石にお腹がいっぱいである。

己の出自を知りたいという気持ちは持っていたが、いくらなんでも、これは荷が重過ぎる。

ずいぶん遠いところまで来てしまったものだと、思わず遠い目をしてしまった。

「私としては、やっぱり王妃がおすすめではある。国王は結構面倒な職業だからな」

それはそうだろう。明らかに面倒しかない。

大体政治のことなど何も知らないルーチェが王などになって、一体何ができるというのか。考えるだけで吐きそうである。この国が滅びる日も近い。

「それにそなたが妃になってくれるなら、私は王太子のままでいられるだろう？　父上としては私を廃嫡して、間違いなく王家の血を継いでいるそなたを、世継ぎにしたいようだが」

本当に自分の血を引いているかどうかわからない息子よりも、王家の証である紫の目を持った姪《めい》の方が、まだマシだと王は考えているようだ。

さらにこの国では、国王よりも女王の方が喜ばれる。

名君と呼ばれる王に、不思議と女王が多いからだ。

「まあ、そなたがどうしても国王がやりたいと言うのなら、もちろんこの座は譲ろう。できれば戦後処理と、貴族ばかりが優遇されている税制の梃入《てこい》れだけは終わらせてからにしてくれるとありがたいが」

今この国は、彼のおかげで回っていると言っていい。

優秀な人なのだ。ルーチェなどよりもずっと。

ただその身に流れる血が確かかどうか、という一点だけが彼の足枷《あしかせ》になっている。

「殿下は、王位に未練はないのですか？」

「……どうだろう。いっそ手放せば楽になれるような気もしている。正直どちらでもいいというか」

レオナルドの顔にあるのは、疲労と諦念だった。

——もしかしたら疲れ果てた彼は、全てからの解放を求めているのかもしれない。

「……王になるつもりはありません。私ごときが背負えるものではありませんから」

「英断だな。それじゃあ私の王妃になるということで良いか？」

だがそれもごめん被りたい。ルーチェはただ、オズヴァルドのところに帰りたいだけだ。

「……大体殿下には、婚約者の方がおられるではないですか……」

しかもとんでもない美少女だった。ルーチェとは比べ物にならないほどの。

更に彼女は公爵家のご令嬢だと聞いた。王妃になるべくして育てられた、女性。

「ああ、フィロメナのことか？　安心するといい。彼女との婚約は破棄する予定だ。もう公爵家にはすでに通達してある」

だというのにレオナルドはあっさりと彼女を切り捨てたらしい。ルーチェは驚き目を見開く。

「ちなみにフィロメナが有責ということで、婚約は破棄される予定だ」

「…………は？」

王家の事情で婚約を破棄するというのに、なぜフィロメナのせいになるのか。

「どうやら彼女は裏で友人などに、私の文句を色々と言っていたらしくてな。しかも王族冒瀆《ぼうとく》罪に認定されそうなことをな。それを彼女の親友が、わざわざ王家に報告してきたのだよ。フィロメナがこんなことを言っている。彼女は王妃に相応しくないとな」

ルーチェは顔を顰めた。その親友とやらは、おそらく王家のためではなく、ただフィロメナを陥れ後釜を狙っていたのだろう。

「まあフィロメナもな。本当はずっと嫌だったのではないか？　どこの馬の骨の血を継いだかもわからぬ王太子など」

王太子は自嘲する。それはこれまでとは違う、生きた人間の表情だった。

「婚約破棄を通達したら、よほど親に叱られたのだろうよ。それまでずっと私にそっけない態度をとってきたくせに、毎日のように彼女から詫《わ》びと復縁を迫る手紙が届くようになってな。血への疑惑を理由に私を見下していたくせに、いざ実際に王妃の座が遠のいたら、親子で慌てたのだろう。笑ってしまったよ」

レオナルドの言葉に、正直ルーチェは引いた。

それはつまり、婚約破棄の本当の理由はもともとレオナルドにあったというのに、フィロメナのかつての過ちを穿《ほじく》り出して、後付けでその原因と責任を彼女に押し付けたということか。

「そもそもフィロメナと婚約したのも王家への血の返還が目的だった。次々代の王が正しく王家の血を引いているようにとな」

公爵家には何代か前に王女が降嫁しているらしい。

そのため、フィロメナが次期王太子妃に選ばれた。

だが、ここにきてさらに王家の血を濃く受け継ぐ存在が現れてしまった。

しかも、三代前から失われたはずの、紫の目を携えて。

よってフィロメナは、不要になってしまったのだ。

それはどこまでも王家の事情。それなのに婚約破棄の原因を、レオナルドはフィロメナの素行不良にあるとし、一方的に責任を押し付けたのだ。

「聞けば聞くほど王太子殿下と結婚したくなくなりますね」

つまりいざとなれば、彼は同じようにルーチェに責任を押し付け、切り捨てる可能性があると言うことだ。

「あはは。言うなあ、そなた。だがやっぱりフィロメナも悪いのだ。王太子の婚約者でありながら、あまりにも危機感がない。やっぱりお育ちの良い令嬢は、警戒心が足りぬのだろう」

いくら気安い友人が相手とはいえ、王族である婚約者の悪口など、絶対に言ってはいけなかったのだ。

その相手が至高の地位にあるのなら、なおさら。

誰がどこで聞いているかなど、わかりはしないのだから。

そして感情を優先し秘密を守れない王妃など、国を滅ぼしかねない災厄だ。

（……婚約者の愚痴すらも、罪になってしまうなんて）

今頃フィロメナは、婚約破棄の原因を全て自分のせいだと思い込み、嘆き悲しみ苦しんでいることだろう。

「愚かしいことだ。今頃になって、反省しているだのお慕いしているだの、もう一度だけ機会をくれだのと手紙をよこされても、ちっとも心に響かぬ」

顔と体つきは好みだったんだがな、などとレオナルドが下世話なことを言い出したため、ルーチェはさらに引いた。

だが、その時の彼のへらへら笑顔に、若干の痛々しさを感じる。

（……馬鹿ね。十分心に響いているじゃないの）

長い間婚約者として共に過ごしてきた相手に対し、無関心でいることは、なかなか難しいはずだ。

「ルーチェよ、そんな嫌そうな顔をしなくても良くないか？」

「しみじみと王太子殿下のクズ男ぶりに感じ入っておりました。絶対に殿下とは結婚したくないとの思いを新たにいたしまして」

「あはは、そなた、本当に言うな。でもそなたにはもうそれ以外に道はない。諦めるといい」

明るい若草色の目に映るのは、狂気だ。

「……私はもう、オズヴァルド様のものです」

それは、すでに自分とオズヴァルドとの間には肉体関係があるという主張だった。

王家に嫁ぐのであれば、純潔は必須のはずだ。他の男の子を孕むことがないようにと。

だがそんな告白をされたレオナルドに、全く動じた様子はない。

「ああ、そんなこと私は気にしないぞ。そなたがオズヴァルドのお下がりでも、ちゃんと妃として遇し大切にするとも。それで、できれば紫の目の子を産んでくれると助かるな」

ルーチェの全身を怖気が襲った。目の前の男が、気持ち悪くてたまらない。

彼にとってルーチェは、ただ紫の目を後世に引き継がせるための、胎でしかないのだ。

「父上はどうしても紫の目をした孫が欲しいみたいでな。参ってしまう」

「……陛下も殿下も、どうしてそこまでしてこの目に執着するのです?」

――たかが、目の色ごときに。ルーチェには理解ができない。

だがその言葉は、レオナルドの逆鱗《げきりん》に触れたらしい。彼の笑みが消えた。

「我が王家は、その目の色の継承のためだけに、何代にもわたって近親婚を繰り返してきたのだ」

初代国王が、神から愛された印。尊き紫。

本来親から子が何を受け継ぐかを決めるのは、神の領域だ。

それを人間ごときが固定しようとしたために、王家には罰が与えられたのだ。

近親交配を繰り返した結果、王家では子供がなかなか生まれなくなり、そして体の弱いものが増えた。

そして今から四代前の国王。名君と名高きオクタヴィア女王はその惨状を憂い、王族を含め、血の近しいもの同士の婚姻を国法にて禁じたのだ。

彼女自身も他国から王配を受け入れ、王家の紫の目に対する記述がある全ての資料を、歴史から消し去らんと破棄した。

それらは女王の子が、誰一人として紫の目を受け継がなかったためとも言われている。

王位につくためには、紫の目が必要などという誤った認識を、根絶させたかったのだろう。

（……道理でオズヴァルド様が、紫の目について知らなかったわけだわ）

女王の狙い通り、若い貴族たちは皆、その事実を知らずに育っている。

もしオズヴァルドに紫の目が王族特有の色だという知識があれば、ルーチェは彼と仲を深める前に、王家に引き渡されていたことだろう。

「けれどそれを知る古い老人たちは懐かしんだのさ。その美しき紫の目をね」

現国王の祖母であるオクタヴィア女王。鮮烈な彼女の美しい紫色の目を、忘れられない者たちがいたのだ。

「オクタヴィア女王以降、我が王家では紫の目を持った人間が生まれていない。……そなた以外にはな」

レオナルドの言葉には、羨望と憎悪が滲んでいた。

今は亡き、王弟の非嫡子にその色が顕現するなど、果たしてどんな神のいたずらか。

自分ではどうしようもできないことで恨まれても、困ってしまうのだが。

『――君、綺麗な色の目をしているねぇ』

そこでルーチェは、かつてそう聞かれたことを唐突に思い出した。

アルベルティ伯爵家で使用人のように働かされていた頃に、至急の遣いを命じられ、街に出た時のことだ。

突然質素な服装の、けれどもどこか気品の滲み出る老人に話しかけられ、目を覗き込まれてそう言われたのだ。

確かその時のルーチェは急いでいたこともあり、「ありがとうございます」とだけ言って、すぐに彼のそばから離れたのだが。

今思えば、それがオズヴァルドの祖父である、セヴァリーニ侯爵閣下だったのだろう。

オズヴァルドに面差しが似ていた気がする。

おそらく彼は、オクタヴィア女王陛下と面識があり、その面影をルーチェに見たのだ。

そして、王族の血を保護するために、ルーチェをオズヴァルドの元へやったに違いない。

(……私をオズヴァルド様と結婚させることで、王太子殿下の王位継承を確かなものにするためかしら。それとも私を持ち上げて、女王にするためかしら)

どちらにせよ、かの老獪《ろうかい》な侯爵閣下には、何らかの思惑があったのだろう。

「それで、どうするのだルーチェ。女王になるか？　それとも私の王妃になるか？」

正直に言うと、どちらも丁重にご遠慮申し上げたい。

だがそれを言ったところで、聞いてはもらえないだろう。

「……もう少し、考えさせてはもらえませんか？」

だったらせめて、ギリギリまで決断を先延ばししたい。

「そんなにオズヴァルドが良いのか？　あやつ、そなたを屋根裏部屋に放り込んでいたのだろう？　酷い男だ」

私の方が絶対に良い男だと思うが、とレオナルドが肩をすくめた。

どうやらルーチェのことを、前もって色々と調査していたらしい。

ルーチェはかつてを思い出し、小さく笑う。

「でも寝台がふかふかだったんです」

「は？」

「しかも部屋は清潔で、暖かな暖炉と素敵な家具があって」

「……は？」

「毎日美味しい食事まで出してくれたんです。使用人の皆さんもみんな優しくて……」

「…………」

とうとう呆れた顔をして、王太子は手で額を押さえた。

「あれで根っからの紳士なんでしょうね。女性に酷いことなんてできない人なんですよ。一生懸命頑張って嫌がらせをしようとして、その程度なんです」

「ぶふっ……あははは……！」

レオナルドは吹き出し、それから腹を抱えて笑った。

「そうだった。あやつは昔から、なんだかんだ言ってお人好しなのだよ」

それから、泣きそうな顔で笑った。

レオナルドとオズヴァルドは、幼い頃からの友人だったのだという。

レオナルドの中で、彼を裏切ってしまったという思いがあるのだろう。

「戦場ではどんな冷酷なことでもできるくせに、私生活ではとんだポンコツなのだ、あの男は」

彼の滲むようなその表情に、ルーチェの心も痛む。

何を犠牲にしても、本当にこの紫の目が必要なのだろうか。

「殿下、どうぞもう一度お考えください。本当にこの目が必要ですか？」

「…………」

「紫の目など持っていなくとも、あなたに敬意を持つ人はたくさんいます」

王の国民からの評判は酷いものだが、王太子の評判は非常に良い。

長く続いた戦争の停戦交渉をまとめ上げ、成功させただけでも、国民は彼に感謝している。

かつて見聞きした彼の評判を、ルーチェは懇々とレオナルドに語った。

わかってほしかったのだ。彼が認めていない、彼自身の価値を。

「以前のように紫の目欲しさに王族の近親交配を繰り返せば、いずれ待っているのは王家の破滅です」

それをわかっているはずなのだ。王も、王太子も。

「オクタヴィア女王陛下のご遺志を、堅持するべきだと私は思います」

レオナルドは唇を噛み締めている。確かな手応えを感じ、ルーチェは拳を握りしめた。

「――絶対に、あなたが王になるべきです」

はっきりと言い切れば、レオナルドは皮肉げに笑った。

「つまるところそなたは、やはり私の妃になってくれるということか？」

話が冒頭に戻った、ルーチェは内心で頭を抱える。だからそれもごめん被りたいのである。

あからさまにしょっぱい顔をしてしまったからだろう。レオナルドがまた声をあげて笑った。

どうやら揶揄《からか》われたらしい。ルーチェは唇を尖らせて、公爵令嬢を売り込む。

「いやあ、王太子妃にはフィロメナ様が良いと思いますよ？　あの美貌、あの胸！　そして確実に王家の血も継いでおられるという高貴な家柄。多少浅慮なところはあるかもしれませんが、まだお若いですしこれからいくらでも改善は可能でしょう。っていうか、そもそも婚約者のちょっとした可愛らしい愚痴くらいでみみっちいことを言わないでくださいよ殿下」

「そなたさっきからどんどん図々しくなってないか？　しかも胸の部分をやたらと強調してな

いか?」

「大体贈り物の趣味《センス》が悪いのは、殿下にも多少非がありますし」

「何でそれを知っている!?」

それはオズヴァルドが寝物語で、こっそり教えてくれたからである。大いに笑わせていただいた。

機密漏洩《ろうえい》だとレオナルドは頭を抱えて俯いた。

「……どうしたらよいのだ。確かにそなたは、全然私の好みではない」

「随分とはっきりおっしゃいましたね。安心してください。私もです」

「そなたには妃というより、妹になってほしいかもしれん」

「私も殿下がお兄様というのは、やぶさかではないですね……」

「本当に不敬にも程があるな、そなた……」

レオナルドは力無く笑う。何やらルーチェは彼が可哀想になってしまった。

それはきっと、家族に対する感情なのだろう。そう、駄目な兄に対するような。

「……それならば私は、一体どうしたら良いのだ」

――やっと、この苦しみから解放されると思っていたのに。

レオナルドの言葉に、ルーチェは返す答えを見つけることができなかった。

第六章　空っぽの屋根裏部屋

オズヴァルドは一人、ルーチェの屋根裏部屋に佇《たたず》んでいた。

天窓から覗く星空の下、二人で手を取り合って笑い合って、くるくると踊ってから一ヶ月も経っていないというのに。

もうそれを、随分と昔のことのように感じる。

楽しいひとときだった。オズヴァルドの人生において有数の。

「……ルーチェ」

愛しい名をつぶやいても、返事は返ってこない。

『オズ様！』

自分の名を呼び、衒《てら》いなく笑ってくれるルーチェは、遠くに連れて行かれてしまった。

王室主催の舞踏会から一人、屋敷に帰ってきたオズヴァルドのあまりの憔悴《しょうすい》ぶりに、使用人たちは何かを察したのか、何も聞いてこなかった。

オズヴァルドはそのままルーチェの屋根裏部屋に行き、一晩眠れぬ夜を過ごした。

ルーチェの寝台に顔を擦り付ければ、甘やかな彼女の匂いがする。

とっととあの結婚契約書を神殿に出してしまえば良かった。そうすればルーチェを奪われずに済んだのに。後悔がやまない。

(俺は、これからどうしたらいい……)

オズヴァルドは、王宮にいる主君《レオナルド》と全く同じ状況に陥っていた。

レオナルドの言葉が正しいとしたら、ルーチェは彼の従姉妹姫ということになる。

それでは確かに今まで通り、この侯爵家で暮らすことは難しいだろう。

それにしても、まさかルーチェが王弟殿下の落胤《らくいん》だったとは。

(ルーチェの目を初めて見た時の既視感は代々の国王の肖像画からだったんだな……)

ルーチェと出会った時のことを思い出し、オズヴァルドは呻く。

王弟は、祖父の剣術の弟子だったと聞いたことがある。

今から二十年近く前、国王が無謀にも隣国オルネナスに戦争を仕掛けた際に、将として出征を命じられた彼は、そのまま戦死し戻ってこなかった。

その後、隣国オルネナスとは争いが続いている。

今は王太子が奔走し停戦となっているが、いつまた戦争の火蓋が切って落とされるかはわからない。国境の緊張状態は、依然続いたままだ。

(ルーチェが生まれる前から、この国はほぼずっと戦争をしているんだな)

そう思うと、何やら陰鬱な気持ちになる。あの子は平和な時代を知らないのだ。

ルーチェが王族だと判明した以上、王家は彼女を手放そうとはしないだろう。

なんせ、この国の王族の数は少ない。王家にはそもそも子供が生まれづらく、更には体が弱い者が多く、大人になることすら難しいのだ。そのせいで、王の在位は基本短い。

(下手をしたらルーチェは、この国の女王陛下になってしまうかもしれないな……)

そう考えて失笑する。浪費家の現国王とは違い、質素倹約な女王陛下になりそうだ。

王と王太子の確執は深い。王は優秀なレオナルドを一方的に妬《ねた》んでいる。

本来我が子が優秀であるならば喜ぶべきことだと思うが、王は逆に子を僻《ひが》んだ。

だが現国王の子は、レオナルド王太子ただ一人。

彼の他に王位を継げる人間がいないために、現在仕方なく第一王位継承者となっているのだ。

今回正式にルーチェが王族として認められたら、ルーチェはこの国の第二王位継承者となる。

これだけ王位を継げる人間が少なければ、彼女の降嫁が認められる可能性は低い。

それどころか国王は、反りの合わぬ息子《レオナルド》よりも、ルーチェを王位につけようと画策する可能性も高い。

国王とその周囲の臣下たちが、レオナルドの出自を疑っているのは、公然の秘密だった。

(それでも、願い出るしかない……)

王女の降嫁を願い出て、正しくルーチェを取り返すしかないのだ。諦める気はなかった。

なんとしても、何年かかっても、ルーチェを取り返してみせる。

オズヴァルドは、初めて自分が侯爵家の後継であることに感謝した。

この身分であれば、王女の降嫁を願い出ることに不足はない。

(だがまずはあの狸爺《たぬきじじい》と話をしなければ)

おそらく侯爵家当主である祖父は、知っていたのだ。

ルーチェが王家の血を継いでいることを。

戦死した彼の弟子だった王弟殿下が、ルーチェとその母のことを、なにか伝えていたのかもしれない。

大体よく考えればあの狸爺が、家族に冷遇されている程度の理由で、ルーチェと孫を婚約させるわけがなかったのだ。

間違いなく、ルーチェが王族であることに気付いていたからこそ、彼女をオズヴァルドと結婚させようと考えたに違いない。

「……ベルタ。悪いが俺は領地に戻る」

「……はい!? 随分と突然ですね」

「狸爺に話を聞かねばならんからな。悪いが支度を――」

「……する必要はないよ。オズヴァルド。僕はここにいるからねぇ」

すると背後から、あの呑気な声が聞こえた。

オズヴァルドが慌てて振り向けば、そこには相変わらず呑気な顔をした祖父がにこやかに笑って立っていた。

「やあやあ、オズヴァルド。元気だったかい？」

気がつけば手が出ていた。祖父の首元を締め上げ、オズヴァルドは叫ぶ。

「……あんたはルーチェが王族だってことを、最初っから知っていたんだろう……！」

もう、彼がこのセヴァリーニ侯爵家当主だとしても、敬語を使う気にもならなかった。

すると祖父が気怠《けだる》そうに片眉を上げる。今頃気付いたのか、とばかりに。

ちなみに背後で話を聞いているベルタと執事は、初めて聞く事実に驚き目をひん剥《む》いている。

「ああ、もちろん知っていたとも。なんせあの目だからね。敬愛なるオクタヴィア女王陛下によく似た美しい目だ」

祖父は恍惚《こうこつ》とした表情で言った。

どうやら四代前の女王、オクタヴィアに祖父は傾倒していたようだ。

「どうやら王家にルーチェ様を奪われてしまったようだね。だからとっとと結婚しておけばよかったのに。君って案外無能だなあ」

祖父にあて擦られ、オズヴァルドのそれでなくとも短い堪忍袋の緒が切れそうになる。

「あんたがもっと早くきちんと事情を説明していれば！　こんなことにはならなかっただろうが！」

もしルーチェが王族だと最初から知っていれば。オズヴァルドは彼女を屋根裏部屋に放り込むことも、王太子に引き合わせることもしなかっただろうに。

「……嫌だなぁ、自分の至らなさを僕に押し付けないでくれないかい。大体君、もしルーチェ様が最初から王族だと知っていたら、王家に報告していただろう？」

確かにルーチェに対し、情も何もない頃であったら、自ら王太子に報告をしていかもしれない。――王家の血を継ぐ娘が見つかったと。

「それじゃあ僕は困るんだよ」

そう言って祖父は肩をすくめた。

オズヴァルドはぎりっと耳障りな音を立てて、歯を食いしばる。

（……この狸爺も、国王と同じように紫の目の子供がほしかったということか……？）

ルーチェを娶れば、王家の血を我がセヴァリーニ侯爵家に取り込むことができる。

祖父が女王に傾倒していたのなら、そう考えてもおかしくない。

「いやあ、オクタヴィア女王陛下は素晴らしい方だった。あの方ほど王の名に相応しい方はいなかったよ」

祖父はとろりとその濁った青玉の目を細める。それは、どこか狂気を感じさせた。

「だからね、僕は陛下の志を継ぎたかったんだ。――紫の目だからというだけで王の地位に就かせるなど、冗談ではない」

厳しい祖父の言葉に、オズヴァルドの背筋を冷たいものが走る。

どうやら祖父は、オズヴァルドの想定とは真逆の考えだったようだ。

彼は血や目の色よりも、偉大なる女王陛下の、崇高なる意志こそを守ろうとしていた。

女王は王家に伝わる紫の目という呪いを解くため、そのことが記されたありとあらゆる文献を在位中に燃やし尽くしたらしい。

「王の素質は目の色などでは測れない。今の王太子は優秀だ。このまま彼が王位に就けば、この国はしばらく安泰だろうね」

「……だからルーチェを俺に嫁がせ、彼女を王位に就けぬようにしようとしたのか」

すでに人妻であれば、彼女を国王にという声はあがらないだろう。

「その通り。我がセヴァリーニ侯爵家は王太子殿下を支持しているからね。政《まつりごと》を知らぬ小娘などに、王になられたら困るんだ」

この祖父にとって、血の正当性などどうでも良いのだろう。どこまでも、合理主義なのだ。

「だから彼女をこの侯爵家の中で飼い殺しておきたかったんだ。あの愚鈍な王は、平気であの可哀想な娘を、目の色だけで王位に就かせようとするだろうからねぇ」

それから祖父は、これ見よがしに深いため息を吐いてみせた。

「でも流石にあの方の血を引いたルーチェ様を殺すことは、避けたかったんだ。それでなくとも王族は人数少なくて貴重だし。そのまま素直に君と結婚し、侯爵夫人になってくれればよかったんだけど。その前に王家に見つかっちゃうとは想定外だったなぁ」

落胆した様子で言う祖父に、オズヴァルドは沸々と怒りが沸いた。

彼はルーチェを、まるで人間として扱っていない。

だから、こうして話を聞いていると、ぞわぞわと気持ちが悪いのだ。

「それなのに本当に君ときたら、お馬鹿さんだよね」

「――黙れ。ふざけるな」

このままさらに首を絞めてやろうかと思ったところで、腕をぎりっと捻りあげられ、オズヴァルドは祖父の首根っこから手を離さざるを得なかった。

相変わらず、無駄に強い老人である。

祖父はかつて国軍の将軍だった。現在はこんなちゃらんぽらんな老人であるが、当時はその名を聞くだけで敵軍が震え上がり撤退するとまで謳《うた》われた男なのだ。

オズヴァルドの手から解放されると、やれやれとばかりに首をぐるりと回し、彼は深いため息を吐いた。

「――とりあえずベルタ。お茶をもらえるかな。話が長くなりそうでね」

それから応接室に場を変えて、ベルタが淹《い》れたお茶を目を細めて一口口に含んだ祖父は、遠い目をした。

「……今から二年位前かな。王弟殿下が戦死される直前に書かれた僕宛の遺言書が発見されたんだよ」

王太子の活躍により停戦となり、前線から亡くなった彼の荷物がようやく王都に戻されたことで、その遺言書は見つかった。

そして、その遺言書は無事セヴァリーニ侯爵家へと引き渡されたのだ。

「……王弟殿下の死後一八年が経って、ようやく僕の手元に届けられたその遺言書には、とある女官と恋仲になったこと、そしてもしかしたらその女官が自分の子を妊娠しているかもしれないと書かれていた」

おそらく、自分を恐れ嫉《ねた》み、戦地へと追いやった兄王は信用できなかったのだろう。

そして彼は師へと手紙を書いたのだ。長らく自分を支えてくれた彼女を、どうか助けてやってほしいと。

「僕が慌てて女官のその後を調べれば、彼女は実家に帰り子を産み、その子を連れてアルベルティ伯爵家に嫁いだことが判明した」

その時点で女官は娘を残し病でこの世を去っており、娘のルーチェはもう十七歳になっていた。

アルベルティ伯爵家で養女として暮らしているが、その実、使用人のように扱われていると聞き、セヴァリーニ侯爵は平民を装い、遣いに出たという彼女に会いに行った。

そして彼女の薄紫色の目に、かつてオクタヴィア女王を主君と仰いだ若き日々を思い出した。

「……よりにもよって、紫の目を受け継いでいるとはねえ」

苦々しく、その言葉は紡がれる。

正しくアルベルティ伯爵家で養女として遇され、正しく社交デビューをしていたら、もっと状況は大変なことになっていただろう。

迫害され、表に出されなかったことで、彼女の秘密は奇跡的に守られたのだ。

このままアルベルティ伯爵家に預けることも考えたが、虐待を受け、痩せて血色の悪い彼女に、侯爵はその考えを改めた。

女王陛下によく似たその顔が、哀れにも痩せ細っているのが許せなかったのだ。

そしてその後すぐに、アルベルティ伯爵家にルーチェと己の孫息子との婚姻を申し入れた。

これまでの養女への虐待の事実が露見しかねないと考えたのか、当初伯爵はしぶり、断ってきたが、支度金名目の資金援助を匂わせれば、すぐに食いついてきた。

「可愛らしい子だからさ。絶対に君も気に入ると思ったし。君、ああいうちょっと可哀想な子、好きだろう？」

「…………」

確かにルーチェは可愛い。もっとはっきり言えば、どこもかしこもがオズヴァルドの好みである。

「だからあとは若い者同士、一つ屋根の下で暮らせば、恋の一つや二つ芽生えちゃうんじゃないかなぁと思ってね！」

「このクソジジイ……！」

とうとう心の中に溜《た》めておけずに、オズヴァルドは祖父に毒吐《どくづ》いた。

どうやらオズヴァルドは、まんまと祖父の策略に乗せられてしまったということらしい。

伊達《だて》に二十年以上、オズヴァルドの祖父はやっていないということなのだろう。

「っていうか君、さっきから敬語じゃなくなってない？」

「敬意を持っていない相手に使う敬語はない。己の行動を自覚しろ……！」

「ええと。僕は君の恋の天使《エンジェル》……？」

目の前にいるのは一応老人である。オズヴァルドは拳で殴りそうになるのを必死に堪えた。

「さて、それはともかく今後のことを考えなければね。オズヴァルドは一体どうしたい？」

祖父に尋ねられ、オズヴァルドは俯いた。

――――願いなど、ただ一つだ。

「……ルーチェを取り戻したいです」

そしてまた屋根裏部屋の天窓の下で、二人で笑いながら踊りたい。

「わかった。では王家に僕からルーチェ王女の我が家への降嫁を願い出よう」

確かにオズヴァルド個人で動くよりも、セヴァリーニ侯爵である祖父が動いた方が成功率は高いだろう。

腹立だしいし、悔しいが、王家が相手では自分にできることなどほとんどない。

「だが国王陛下はそう簡単に降嫁を許しはしないだろうな。彼はルーチェ様に王位を継がせようとするだろうからね」

そして現国王が生きている限り、ルーチェが解放されるのは難しい。

「つまりは国王陛下を暗殺……？」

「オズヴァルド、君、結構過激なところがあるよね……。一応それは最終手段にしよう」

気持ちはわかるけどね、とセヴァリーニ侯爵は困ったような笑みを浮かべた。

それでも最終手段として選択肢には入っているらしい。案外似た者同士の祖父と孫である。

「あと考えられるのは、ルーチェ様を王太子殿下のもとに嫁がせ王太子妃とすることかな。王太子殿下はおそらくこちらの道筋《ルート》を考えているだろう」

従兄妹間の結婚であり、王家の血は濃くなり、紫の目を持つ子供が生まれる可能性は高くなる。

さらに、もしレオナルドに王家の血が流れていなかったとしても、ルーチェの血が後世に引き継がれ、王家の血が担保されることになる。

オズヴァルドの手から血が滲み、床にこぼれ落ちる。

どうやら気づかぬうちに、爪が刺さるほど強く拳を握りしめていたようだ。

「けれどまあ、王太子殿下も甘っちょろいところがあるからね。ルーチェ様を無理やりってことは、多分しないと思うんだよね」

オズヴァルドとて、レオナルドとの付き合いは長い。

軽薄そうに見えるし捻くれてもいるが、実は根は真面目であることも知っている。

そうでなければ、明らかに冷遇されながらも、必死に王太子としての公務に取り組んだりしないだろう。

「……それに、それどころではない事態になるかもしれない」

祖父が深刻そうな顔をして、深いため息を吐いた。

「どういうことです？」

「隣国でちょっとした動きがある。議会で我が国への報復を望む一派が力をつけているんだ。もしかしたらここ数日の間に国境で小競り合いがあるかもしれない」

「……小競り合いですか」

「うーん。小競り合いで済めばいいんだけどねえ」

「……国境が破られると？」

「可能性としてはね。君が国境を離れたことを、どうやら隣国が察したようだから」

それだけ、オズヴァルドは軍人として名高い。

王太子が停戦交渉を成功させた理由は、オズヴァルドが率いた大隊が膠着《こうちゃく》していた前線を破り、隣国の本軍を敗走させたことにある。

そうして生きて帰ることはないと言われていた激戦区から、彼は生きて帰ってきたのだ。

まあ、そのせいでとっくに死んだと思われて、婚約者に裏切られてしまったわけだが。

さらにはなぜか安全な場所にいたはずの兄が事故死し、誰よりも危険な場所にいたはずのオズヴァルドは今もこうして生きている。

人生とは度し難いものだと、つくづく思う。

「君、人としてはポンコツだけど、人殺しに関しては天才だもんねえ」

「……もっと他に言い方がありませんか？」

「確かに、万を殺せば英雄だからね。死神も避けて通るって噂のセヴァリーニ中将」

ヘラヘラと笑う祖父に、オズヴァルドは小さく舌打ちをする。

殺すか殺されるか。そんな極限の状態で、倫理観などなんの意味もなさなかった。

戦場に立つと不思議と人格が変わり、どんな冷酷な命令も出せる。

先祖代々、軍門の家だからか。

「大体国軍を引退して久しい身で、どうしてそんな情報が入ってくるんです？」

オズヴァルドが除隊してから一年ほど経つが、軍内部の情報などほとんど入ってこないというのに。

「そこはそれ、色々とあるのさ。手飼いの情報屋とかね」

「はあ、わかりましたよ」

祖父の言うことがどこまで事実かはわからないが、頭の中に情報を留《とど》めておく。

「とにかくまあ、できる限りのことはしようか」

祖父が立ち上がり、肩を回す。おそらく彼なりに、孫のことを考えてはいるのだろう。

気がつけばセヴァリーニ侯爵家も、もはや祖父とオズヴァルドのみになってしまった。

「これでも僕は、君のことを大切に思っているんだよ。オズヴァルド」

そう言って祖父は、嘘くさい笑みを浮かべた。

だがその後、セヴァリーニ侯爵がルーチェ王女の降嫁を王家に願い出ることは、なかった。

――突如停戦協定が破られ、隣国オルネナスが国境を破り、国内に侵攻を始めたからだ。

◇◇◇◇

――ルーチェが王宮に引き取られ、ほどなくして。

あっという間に彼女が今は亡き王弟の落胤であることが社交界、若いては国民に知れ渡った。

ルーチェは悲劇の王女として喧伝《けんでん》され、そして現国王は彼女に『ルクレツィア』という新たな名前を与え、養女として受け入れた。

さらには王太子レオナルドの暗躍により、ルーチェを虐げてきたアルベルティ伯爵家の悪辣な所業も広まり、彼らは社交界に居場所をなくした。

これまでの浪費、および事業の失敗のため多額の借金を抱えていることから、そのうち破産し、領地も爵位も手放すのではないかということだ。

『養父母に虐げられていた少女が、なんと実は王女だった！　皆そういう貴種流離譚《たん》が大好きだからな』

などと、噂を広げた黒幕であろう王太子殿下は、実に満足げである。

『それに私の可愛い妹を虐げてくれた報いは、しっかりと受けてもらわねばな』

さらには兄として、ルーチェの恨みを晴らしてやったとご満悦である。

気がついたらレオナルドは、すっかりルーチェを妹として扱っていた。

ルーチェを妃にするという話は、いったいどこへ行ってしまったのか。

正直なところルーチェとしては、有耶無耶《うやむや》になってしまっていることはありがたいのだが。

(それにしても私、本当に王女殿下になってしまったのね……)

ルーチェは目の前の事実に愕然としていた。

つい最近まで、屋根裏部屋で暮らしていたというのに。

今や王宮で暮らす王女様である。悪い夢としか思えない。

だがすでに王家の系譜に名前を刻まれてしまい、今更どうすることもできない。

『女の子というのは、皆お姫様になりたいものだと思っていた。ルーチェは変わっているな』

などとレオナルドに揶揄われたが、『お姫様』というのはいわゆる概念であり、本当に王女殿下になると、話は全く違うのである。

またルーチェをアルベルティ伯爵家から助け出したのは、かの戦争英雄、セヴァリーニ侯爵家のオズヴァルドであり、二人が恋仲であるという噂も広がった。

これもまた、おそらくレオナルドの策略であろう。

一体彼が何を考えているのかは、ルーチェにはわからない。

だがどこか吹っ切れたようで、毎日生き生きとしている。

レオナルドが元気なら良いかと、ルーチェは傍観している。

なんだかんだ言って彼に、兄として親しみを持ってしまっているのだ。

一方新たに養父となった国王も時折やってきては、ルーチェの紫の目を満足げに見つめてくる。そちらは正直言って気味が悪い。

『そなたは弟の大事な忘れ形見だからな』

などと、思ってもいないことを宣うが、彼が関心を持っているのはただただルーチェの紫の目だけなのだろう。

人間ではなく蒐集品《コレクション》として扱われている気がする。

そもそもルーチェの実の父である優秀な弟を、目障りに思い絶望的な戦場に送り込んだのは、国王自身なのだ。

それなのにそのことに、何ら罪悪感を抱いている様子はない。

さらに王女として相応しくあれと、王によって朝から晩まで教師がつけられ、ルーチェは勉強三昧である。

勉強は嫌いではないが、やはりしんどい。

やはり国王はレオナルドを廃嫡し、ルーチェを次代の王にするつもりらしい。

授業には密かに、帝王学までもが混ぜられていた。

(女王になるつもりなんて、まるでないのに……)

ルーチェは女官が入れてくれた紅茶を一口飲んでから、深いため息を吐く。

王女の部屋は、豪奢すぎて落ち着かない。なんせ、ルーチェは根っからの貧乏性なのだ。

このままではそんな自分にはとても見合わない、とんでもない未来を押し付けられてしまう。

可及的速やかに、この王宮から逃げ出したい。

そして何よりも、オズヴァルドに会いたい。

こんなにも彼と長く離れたのは、出会って以来だった。

(やっぱりもう、オズ様には会えないのかしら?)

想像すると涙が出る。いつからこんなに彼のことを愛してしまっていたのか。

だがルーチェにできることなど、何もない。自分の無力さに打ちひしがれる日々だ。

(機を待つのよ……)

かつて母は、幸せになろうとする努力を忘れてはいけないと言った。

それは、真理だ。人は何もしなくとも、簡単に不幸になってしまう生き物だから。

自分だけは、それに抗い、否を突きつけなければ。

「王女殿下。そろそろお時間です」

女官に声をかけられ、ルーチェは手に持っていたカップをソーサーに戻す。

「今行くわ」

夕食は、なぜかレオナルドの希望で共にとることが多い。

『食事とは、本来家族で共にとるものなのであろう？』

などとキラキラした笑顔で言われてしまい、心が痛んだルーチェは、断れなかった。

レオナルドは今や、新たにできた妹を溺愛している兄として、周囲に認識されているらしい。

兄妹仲が良いと認識されていれば、王位継承問題を不安視する貴族も減るだろう。

案内された席で待っていると、目の下の隈《くま》こそ酷いが、今日も元気なレオナルドがやってきた。

「おお！　我が最愛の妹よ！　待たせてしまったか？」

「いえ、殿下。ちょっと前に席に着いたばかりですわ」

ルーチェは立ち上がり、礼をする。するとレオナルドは不満げに唇を尖らせた。

「こら。『お兄様』だろう？　ルーチェ」

「…………おにいさま」

渋々ながら棒読みで言えば、それでも満足げにレオナルドは笑った。

それからレオナルドが一方的にぺらぺらと話す話を聞きながら、食事をとる。

ルーチェは現在、王宮の外と完全に切り離されており、外の世界の情報を知るにはレオナルドの話を聞くしかないのだ。

王宮での食事は、テーブルの上に明らかに食べられない量を、これでもかと並べるのが通例らしい。

もちろん美味しいのだが、残した料理に申し訳なくて、居た堪《たま》れなくなってしまう。

今日も大量の消費しきれない料理を並べられ、ルーチェはうんざりする。

なんせ彼女は、骨の髄まで貧乏性なのである。王宮の全てが居心地悪くてたまらない。

「そう言えば、今日、オズヴァルドに会ったぞ」

その中で突然最も欲しい情報を与えられ、思わず手に持っていたフォークを取り落とし、けたたましい音を立ててしまった。

「も、申し訳ございません」

淑女としてあるまじき失態だと慌てて謝るが、レオナルドはニヤニヤと楽しそうに笑うだけだ。

おそらくオズヴァルドの名を聞いて、あたふたするルーチェを揶揄っているのだろう。

「祖父であるセヴァリーニ侯爵に付いて、真面目に領主業をやっているみたいだぞ。おそらくそのうちそなたの降嫁を願い出るつもりではないかな」

まあ、父上がそう簡単に許さないと思うがな、などと言ってレオナルドは肩をすくめた。

ちなみにレオナルドが国王のことを『陛下』ではなくあえて『父上』と呼ぶのはただの嫌がらせであることを、ルーチェは察している。

本当に捻くれた男なのである。困ったことに。

「そなたのことを、心配していた。元気にしているかと」

ルーチェは顔を赤らめて俯いた。

オズヴァルドはかつて、己が侯爵となることをどこか憂いていた。

だがルーチェのために、覚悟を決めて頑張ってくれているのだ。そのことが、嬉しい。

「だからめちゃくちゃ元気だぞと答えておいた」

「そこは憔悴しているとか言っておいてください！　空気を読んで！」

やはりどうしようもない男である。ルーチェは拗《す》ねた。

彼に対するその態度が、甘えであると知っている。

なんだかんだ言って、ルーチェはレオナルドを家族と認識していた。

「やっぱりオズヴァルドのところに帰りたいか？」

少し寂しそうにして、レオナルドが聞いてくる。

ルーチェはしばしの逡巡の後、小さく頷いた。

「どうしてだ？　私とてこんなにそなたを大事にしているというのに」

「私は、オズヴァルド様をお慕いしているのです」

「それは、他人に初めて優しくしてもらったからという刷り込みではなく？」

「ええ、これはちゃんと恋なんです」

ルーチェがにっこりと笑えば、レオナルドは少々いじけた顔をした。

「それに王宮《ここ》は、私には眩しすぎます」

自分の生きる場所はここではないと、ルーチェは確信していた。

もしオズヴァルドの元へ戻れなかったとしても。いつかはここを出ていきたい。

贅沢を、悪だとは思っていない。

上に立つものが見窄らしい格好をしていては、下々の者は敬意を払わないだろう。

身分に釣り合う格というものは、必要だ。

ただルーチェには、地位の高い者の生活は、性質的に合わないというだけの話で。

「そうか。それでは仕方がないな」

「でも私、もしここから出て行ったとしても、殿下……お兄様に会いにきますよ」

するとレオナルドは、感極まった顔をした。

きっと彼も、誰かを無条件に愛したかったのだと思う。

父は自分を妬んでおり、亡くなった母は信じることができず、婚約者には思惑があって、誰もが彼の存在の信憑性《しんぴょうせい》を疑っている。

そんな中で、わかりやすく愛せる『妹』という存在は、彼にはちょうど良かったのだろう。

兄妹で微笑み合ったその時。突然けたたましく扉が開けられた。

「——何事だ」

王族の食事中に、あまりにも礼を欠く行動だ。

明らかに緊急事態であることがわかったのだろう。

レオナルドは入室してきた伝令と思《おぼ》しき男を見据え、問いただす。

真っ青な顔をした男は跪き、答えた。

「申し上げます！　北側の国境がオルネナス軍によって破られました！」

「なんだと……！」

それは王太子殿下《レオナルド》、肝煎《きもいり》の停戦協定が、たった三年で破られたことを意味していた。

レオナルドの顔が、険しさを増す。

「……国境警備部隊はどうした？」

「おそらくは、全滅と——」

レオナルドは立ち上がる。おそらくは迎撃するための軍を編成するのだろう。

「ルーチェ。すまないが、先に失礼する」

「私のことはお気になさらず。どうか、お気をつけて」

ルーチェは気丈に顔を挙げ、微笑んでみせた。

レオナルドはその笑顔を受け、小さく笑みをこぼすと、踵を返して食堂を出て行った。

停戦協定を破ってのオルネナス王国の侵攻に、王宮は蜂の巣をつついたような状況となった。

ルーチェの元には具体的な状況が何も入ってこない。

もしかしたら緊急事態すぎて、誰もが彼女の存在を忘れているのかもしれない。

翌日になって、レオナルドが悲痛な顔をしてルーチェの元へとやってきた。

その顔を見るに、深刻な状況となっていることが察せられる。

「ルーチェ……」

ルーチェの顔を見て、レオナルドは言いかけては止めるを繰り返す。

普段なら彼が言葉を紡ぐまで待つのだが、今、その余裕はルーチェにはなかった。

「……何があったんです?」

低い声で聞けば、レオナルドは覚悟を決めたのか、ようやく口を開いた。

「オズヴァルドが国境に向かい出征することになった。彼は侯爵家の後継だからと私も説得したのだが、父上がどうしてもと言って聞かなかった」

それを聞いた瞬間。ルーチェの足が震えた。

――なんせ彼は、この国の英雄。

つまり有事の際には、最初に最前線に送られてしまう人。

「そんな……なんで……?」

それでも彼は、唯一無二のセヴァリーニ侯爵家の後継だというのに。

前回の戦闘でオルネナス軍を敗走させたオズヴァルドに、彼の国では恨みを抱く者が多いと聞く。

そんな中で、最前線に送られるなんて。

「……オズヴァルドが出征前に君に会いたいと言っている。陛下も許可した。時間がない。ついておいで」

レオナルドに手を引かれるまま、ルーチェは王宮の中庭へと向かう。

頭の中がふわふわとして、何も考えられない。これは、本当に現実なのだろうか。

やがて、中庭にたどり着く。そして、繋いでいたレオナルドの手が外れる。

白薔薇《しろばら》の咲き乱れる中、軍服に身を包んだオズヴァルドがそこに立っていた。

「……ルーチェ」

愛おしげに名を呼ばれ、微笑まれて。ルーチェはもう言葉が出なかった。

ただ、弾《はじ》かれたように、彼に向かって走った。

走れるようには作られていない靴のせいで、何度か転びそうになりながらも一心に。

そして彼女を迎えるように、オズヴァルドが広げた腕の中に飛び込む。

強く抱きしめられて、涙腺が決壊した。

離れていたのは、たったの数ヶ月だというのに。

もう随分と長い間、会えていなかった気がする。

「オズ様……オズ様……！」

彼の名を呼び、その逞しい胸元に顔を擦り付けて、泣きじゃくる。

凛々《りり》しい軍服が汚れてしまうかもと思いながらも、止めることができない。

「ルーチェ。顔を見せてくれ。ずっと君の顔を見れていないんだ」

優しく言われるが、きっと自分は今、涙やら鼻水やらで、酷い顔をしているだろう。

いやいやと首を振れば、困ったような笑い声が聞こえた。

「お願い、俺の顔を見て」

再度請われて、恐る恐る顔を上げる。

するとオズヴァルドが、笑って顔を近づけ鼻先を擦り合わせてくる。くすぐったくてルーチェも思わず笑ってしまった。

「──ああ、ルーチェの笑顔。ずっと見たかった」

染み入るように笑い、彼の唇がルーチェの涙を吸い上げる。

「ちょっと待てオズヴァルド。そなた私がまだここにいることを忘れていないか？　可愛い妹に勝手に手を出さないでもらおう」

レオナルドの声に、ちっとオズヴァルドが小さく舌打ちをした。

思わずルーチェは笑ってしまう。なんだかんだと仲の良い二人なのだろう。

「久しぶりの恋人との逢瀬《おうせ》なのですよ。席を外していただけますか？　王太子殿下」

「断る。嫁入り前の妹を、悪い男と二人きりになんてするわけないだろう。——それに」

レオナルドは辛そうに、顔を歪める。

「残念ながら時間がない。一刻でも早く迎撃に行かねば、多くの犠牲が出る」

オズヴァルドはぎゅうぎゅうとルーチェの体を強く抱きしめる。手放したくないとばかりに。

ルーチェは顔を上げると、自分からオズヴァルドの唇に、己の唇を押し当てた。

これならオズヴァルドが、王族に対し不敬な行為をしたことにならないだろう。

なんせ襲ったのは、ルーチェなのだから。

何度も自分からぐいぐい唇を押し付ける。色気のない口付け。

オズヴァルドの綺麗な青い目が極限まで見開かれる。

「……ルーチェ。愛してる」

唇が離れた瞬間、オズヴァルドがその言葉を紡ぐ。

かつて当たり前のように与えられていた、愛の言葉。

それがどれほど得難いものだったのか。——引き離されて、初めて知った。

「…………私も愛しています」

だから、ずっと言いそびれていた言葉を、ルーチェもようやく唇に乗せる。

オズヴァルドの目から、とうとう涙が溢れた。

彼の涙を初めて見た。ルーチェは指を伸ばし、そっとのその涙に触れる。

「……ずっと俺は、何のために戦っているのか分からなかった。言われるまま戦場に出て、言われるまま人を殺した」

オズヴァルドは己に触れるルーチェの指先を、優しく握りしめると、まるで神の前でする懺《ざん》悔《げ》のように言葉を紡ぐ。

「でも今は、君のいるこの国を守るために戦おうと思える」

ぶわりと、またルーチェの目に涙が溢れた。

嫌だ。なぜこんなにも愛しい人を、戦場へ送らねばならないのか。

いつ死んでもおかしくない、地獄のような場所へと。

けれど「いかないで」と口にしてしまったら、きっと優しい彼は苦しむだろう。——だから。

「必ず、ご無事で帰ってきてください……」

ルーチェはオズヴァルドの広い背中に手を回し、縋り付くようにしがみつく。

「——私は、ずっとずっと待っていますから」

たとえ彼が帰ってくるのが、何年先、何十年先であろうとも。

絶対に待っていようと思った。彼の帰る場所であろうと思った。

かつて、元婚約者に裏切られてしまったオズヴァルドを、自分だけは絶対に裏切るまい。

──ずっとそう決めていたのだから。

すると、それを聞いたオズヴァルドは嬉しそうに笑った。

「ああ、絶対にルーチェの元へ戻ってくるよ」

そっと互いの体を離す。一気に肌寒くなってブルリとルーチェは震えた。

──寂しくて寂しくて仕方がない。

「……オズヴァルド」

名を呼ばれ、オズヴァルドがレオナルドを見やる。

「──約束は守ろう。必ず無事に帰ってこい」

レオナルドの言葉に、オズヴァルドは敬礼した。

そして最後にルーチェの唇に、そっと触れるだけの口づけを残して、彼は戦場に旅立った。

ルーチェは騎乗姿の彼の背を見送る。

必死に瞬きで涙を散らし、綺麗な視界で目に焼き付ける。

(どうか、ご無事で……)

それ以外、何も望まない。

ただ死なないで、無事に帰ってきてくれればそれでいい。

嗚咽《おえつ》を堪え、震えるルーチェの肩を、レオナルドはそっと支える。

友を見送る彼の目は、静かに決意を湛えていた。

それからのルーチェの日々は、酷く目まぐるしかった。

戦況は常に王宮に伝えられる。国境沿いの街でオルネナス軍を食い止め、今では一進一退の状況が続いているようだ。

王宮にいる者たちも皆不安なのだろう。張り詰めた雰囲気が漂っている。

時折オズヴァルドから手紙が届いた。意外にも綺麗な字で戦場での生活を語っている。

そして、必ず最後に「愛している」の文字があった。

ルーチェも手紙を書いた。今の王都の状況と、やはり「愛している」の言葉を。

寂しくなれば、ルーチェは星を見上げた。

彼がいつも戦場で星空を見上げていると、そう言っていたからだ。

遠く離れていても、つながっているような気がした。

「あやつ、あんな見た目で案外空想人《ロマンチシスト》なのだな」

その話を聞いて、そんな台無しなことを言い出す兄は、もちろん無視である。

そして、オズヴァルドが国境に向かい、三か月が経過した頃。

レオナルドが血相を変え、ルーチェの部屋に飛び込んできた。

「ルーチェ……心して聞いてほしい」

なんでもオズヴァルドが率いる大隊から、連絡が途絶えたという報告が上がってきたのだ。

おそらく全滅したのではないか、という見方が広がっていた。

オズヴァルドの隊が落ちたということは、すなわち、この国の敗北を意味していた。

王宮が、そして王都全体が、その悲報に揺れた。

「……うそ」

ぐらりとルーチェの足元が揺らぐ。レオナルドは慌てて彼女を支えた。

ぼろぼろと、恐怖のあまり、無意識のうちに涙が溢れ出した。

「ただ、隊からの報告が途絶えたというだけだ。オズヴァルドが死んだと決まったわけではないぞ」

──おそらくは、ただ覚悟はしておけ、というだけの話なのだ。

ルーチェは心臓を、冷たい手で掴まれたような気がした。

「あやつはこんな簡単に死ぬタマではない。……多分」

必死にルーチェを励ましているが、レオナルド自身、確信はないのだろう。

だがルーチェは首を振り、後ろ向きになる思考を散らした。

(そうよ、オズ様は死んだりしない)

「……絶対に、帰ってくると言ったもの」

自分だけは、最後まで、死ぬまで、彼の帰りを待つと決めたのだ。

妹の決意の目に、レオナルドは軽く唇を噛んだ。

「……とにかく、これからどうするかを考えねばなるまい」

もし戦争に負けるのであれば、早い段階で降伏すれば民の犠牲は最小限で済む。

だがそうすれば、王族は全員処刑となるだろう。

そして敗戦国となったこの国の国民が、どんな扱いを受けるかもわからない。

「父上に、決断をしてもらわねばなるまいな」

「…………」

王としての政務をほとんどレオナルドが肩代わりしているとはいえ、決定権は未だ王にある。

レオナルドのにがり切った顔に、ルーチェも覚悟を決める。

決して望んだ立場ではない。だが、この国の王族としてなすべきことをしようと。

家族として、レオナルドの肩の荷を、少しでも負いたい。

「……私も一緒に行きます」

ルーチェの据わった目に、レオナルドはなぜか泣きそうな顔をした。

共に国王の私室へ行けば、彼は相変わらず愛妾たちと戯れていた。

王としてすべき義務を放棄し、王として与えられる恩恵だけを受け取り贅を貪るその姿は、実に醜い。

ルーチェは思わず顔をゆがめてしまった。彼はこの国の窮状を理解していないのだろうか。

「約束もなく、一体なんだ？」

不愉快そうに、王が聞く。

レオナルドは先ほどルーチェに伝えたことを、そのまま彼に伝えた。

「どうなさいますか？　我らは王たるあなたに従いましょう」

そしてこれから先のことを国王に問えば、彼は激昂《げっこう》した。

「ふざけるな！　我が国の敗北など、受け入れられるわけがない……！」

「もちろんまだ敗北と決まったわけではございません。ですが父上。戦争責任、というものがございます。あなたは実に身勝手な理由でオルネナスに攻め込み、結果、多くの被害を両国に出した。オルネナス王国のあなたへの恨みはとても深いのですよ。我が国が負ければ、間違いなくあなたの首は落とされ、晒されることになるでしょう」

レオナルドから淡々と告げられる絶望的な未来に、国王の顔が恐怖で戦慄いている。

生まれた時からこの国の王になることを定められ、甘やかされていた彼は、これまで己の命の危険など感じたことがないのだろう。

「そもそも国王というのは、国における総責任者。つまりは何かがあった時、責任をとるためにいるのですから仕方ありません。国境がこうして破られた以上、オルネナス王国軍が王都まで攻め込んでくるのも時間の問題です。ご覚悟を決めておいてくださいね」

もう、どうにもならないことにようやく気付いたのだろう。王は顔を真っ青にした。

「嫌だ……嫌だ……！　余は死にたくない……！」

子供のように泣き喚《なわめ》く醜い中年男を、ルーチェは冷ややかな目で見下ろす。

(陛下が始めた戦争なのに……?)

ルーチェの実の父が奪われ、今、愛している人すらも飲み込んだ戦争。

この国王が欲を出し、小国ながらも地下資源が豊かな隣国オルネナスに攻め込んだのが、その始まりだ。

だというのに、なぜ彼は、被害者面をしているのだろう。

泣きすぎてぼうっとした頭で、ルーチェは不思議に思った。

「お逃げになりますか? かまいませんよ。私がこの国を最後まで見守りましょう」

レオナルドは、この緊急時において、すでに地固めを終えていた。

この愚鈍な国王を王位から引き摺り下ろし、自らが王となるために。

「そうか! ならばお前に任せよう!」

結局国王は、渡りに船とばかりにレオナルドに全てを押し付けると、側近や愛妾、近衛騎士たちを連れて、王都からそそくさと南の方へ逃げ出した。

世継ぎと見込んだはずの養女のことも、もう思い出さなかったようで、ルーチェを連れていくことはなかった。

自分の命さえ助かれば、他はどうでも良いと考えたのだろう。

(あんなのが、王だなんて)

おそらく最初からレオナルドは、これが狙いだったのだ。

戦況を実際よりも酷い状態であるかのように父に伝え、恐怖を煽り、王権を放棄させたのだ。

そうしなければ、もうこの国は保たなかったのだろう。

こうしてこの国の全権は、王太子であるレオナルドに委ねられた。

「――我らはまだ、敗北したわけではない」

彼は逃げることなく、前面に立って国民を鼓舞し続けた。

残された貴族も国民も、皆、彼に恭順の意を示した。

レオナルドは、実に王に相応しかった。

正統なる血筋など、才能や努力の前に、何の意味もないのだと知らしめるように。

一方、己の命を惜しみ、王都から逃げ出した国王については、侮蔑を持って語られることとなった。

たとえこの国が守られ、平和が訪れたとしても。彼を再び王として仰ぐ者はいないだろう。

寝る暇もなく働き続けるレオナルドを、ルーチェは王女として、妹として、支え続けた。

時にはレオナルドの名代として、この状況に怯える民を慰め、国中を走り回った。

オズヴァルドの帰る場所を、絶対に守りたかったのだ。

(そして、オズ様が帰ってきたら、褒めていただくのよ)

オズヴァルドの生存は、絶望的なように語られていた。

だがルーチェは諦めていなかった。

なんせ彼は、前も生きては帰れぬと言われた前線から、のうのうと帰ってきた男なのだから。

(ここで私が諦めたら、元婚約者と同じじゃない)

オズヴァルドの無事が確認できないだけで、彼が死んだという報告は、まだないのだ。

「悪いがルーチェ。名代として軍部に顔を出して配給品を渡してきてくれ。王女が顔を出せば、それだけで彼らを鼓舞できるからな」

「はい。承知いたしました」

レオナルドは容赦無くルーチェを使った。そのことを、ルーチェはありがたく思う。

忙しくしていれば、オズヴァルドのことを考えずに済むからだ。

「他に何か仕事はありますか？」

「あ、そういえば聞いてくれルーチェ。フィロメナと寄りを戻したのだ」

「……おめでとうございます、と申し上げてよろしいのでしょうか？　それは」

「まあ、正直言って、公爵家の後ろ盾を得るためだけだが。いや、公爵が実にいい仕事をしてくれるのだよ、これが。娘の教育は失敗しても、仕事はできる男だな。おかげでこのままあっさりと王になれそうだぞ」

「……相変わらずお兄様は、人間的に屑《くず》でいらっしゃる」

――だがそれはつまり、レオナルド自身が王となることを決意したということで。

「フィロメナ様、お喜びだったでしょう」

「ああ。あの高慢な雰囲気が削げ落《そお》ちていた。随分と可愛らしくなってしまってな」

ルーチェはレオナルドを冷たい目で見やった。するとレオナルドが嬉しそうに笑う。

彼はルーチェが妹らしく、生意気な態度をとると喜ぶ。

もちろん彼の腹の中は真っ黒なので、節度は必要であるけれど。

「血が繋がっているとかいないとか、どうでも良いと。ようやく思えたのだ」

「……そうですか」

「ああ。そもそもこの国だって、元々あった王家を滅ぼして建国されているのだからな」

確かにそれはそうだ。この地において、歴史に残っている限り、かつて五つの王家が存在していた。

古い国を飲み込んで、新しい国は興るもの。

王の成り変わりなど、それほど珍しいことではない。

もしレオナルドが王家の血を継いでいないとしたら、彼が王となることで、前王家の血筋が途絶えるだけの話だ。

彼はすでにこの国を掌握している。いまさらルーチェが王になることなど絶対にできない。

そのことに、ルーチェは心底安堵した。

すでにレオナルドは実質王だが、即位はしていない。

この国がどうなるかまだわからない状態で、即位などできないからだそうだ。

「——私が王になる。だからこの戦争が終わったら、ルーチェ。そなたは自由になるといい」

それは主君ではなく、兄としての言葉だった。

胸の奥から何かが込み上げてきて、ルーチェが言葉を紡ごうとした、その時。

「失礼致します。哨戒塔《しょうかいとう》より、報告いたします！」

激しく執務室の扉が叩かれた。王宮の哨戒塔の兵士からの報告のようだ。

もしやオルネナス軍が王都に攻め込んできたのかと、レオナルドとルーチェの間に緊張が走る。

「我が国の伝令兵がこちらへ向かっている姿を確認いたしました」

レオナルドはすぐさま立ち上がり、主要な臣下たちを謁見の間に集め、伝令兵を待った。

前線からの久しぶりの伝令だ。誰もが緊張に満ちた顔をしていた。

やがて伝令兵が謁見の間にやってきて、玉座に座るレオナルドの前に跪く。

「報告いたします！」

場に、緊張が走った。だが、顔を上げた伝令兵は喜びに満ちた顔をしていた。

「セヴァリーニ大将が率いる我が軍がオルネナス軍を撃破！　国境の外へと敗走させたとのこと！」

その声が響き渡った瞬間、王の間に、歓声が上がった。

（オズヴァルド様は……！　オズヴァルド様は無事なの……!?）

ルーチェは身を乗り出して、伝令の言葉を待つ。

「戦功者であるセヴァリーニ卿はどうしている？」

レオナルドの声に伝令が頭を下げる。ルーチェの心臓がバクバクと激しく音を立てる。

「セヴァリーニ大将は軽傷を負われたものの、ご無事です！　自ら陛下に戦勝報告をなさるとのことです！」

安堵のあまり、ルーチェは足元から床に崩れ落ちる。次から次に涙が溢れ落ちる。

「……だから言ったろう？　あやつは戦場では負けなしなのだと」

床に頽《くず》れたままのルーチェの肩を抱き、レオナルドが優しく言う。

『多分』とか言っていたくせに、とルーチェは久しぶりに泣きながら笑みをこぼした。

オズヴァルドが率いる大隊は船を用い、川を下ってオルネナス軍の後方に回り込み挟み撃ちにしたらしい。

彼から報告が上がらなくなったのは、その作戦が秘密裏に行われていたためだったようだ。

オズヴァルド率いる国軍がオルネナス軍を破ったという吉報は、一気に国中を回った。

国民は歓声を上げ、国難を乗り越え、この国を守り切った王太子と、オルネナス軍を破った英雄オズヴァルドを讃《たた》えた。

それから国境をオルネナス側に大きく引き直し、その付近を平定し、国軍の配備を行ったオズヴァルドが、戦勝報告のため王都に戻ってきたのは、それからさらに一か月ほど経った後だった。

その間にレオナルドは無事に王位に就いた。

戦争により国庫が圧迫されていたこともあり、簡素な戴冠式だけが行われた。

「戦後であることを理由に、簡素化できてよかったな！」

レオナルドはそれを気にした様子もなく、むしろ手間と金が省けたと喜んでいるようなので、案外ルーチェと同じく、質素堅実な人なのかもしれない。

重臣や高位貴族たちを集めた謁見の間に現れたオズヴァルドは、最後に見た姿よりも少しやつれていた。

戦時中に負ったのか、頬には大きな傷が残っている。

玉座に座ったレオナルドの横に立ち、ルーチェは彼を見つめる。

ちらりと、少しだけ視線が合った気がした。それだけで心臓が跳ね上がる。

「オズヴァルド・ユーリエ・セヴァリーニ。ただいま戻りました」

「よくぞ無事に戻った。セヴァリーニ卿。そなたの素晴らしい働きは、我が国を救ったぞ」

「恐れ入ります」

「王として、そなたの功績に報いよう。褒美として何か望むものはあるか？」

跪いていたオズヴァルドが、顔を上げてレオナルドをまっすぐに見る。

それからチラリと、その横に立つルーチェを見つめた。

ルーチェの心臓が、きゅうっと切なく締めつけられる。

本当はすぐにでも走り寄って、彼の無事を喜びたい。

だが自分は今、この国の王女としてここに立っているのだ。

ルーチェは必死にその衝動を堪えた。

ややあって、オズヴァルドは口を開く。

「では一つ、我が望みを申し上げてもよろしいでしょうか？」

「ほう、何なりと申してみよ」

レオナルドの許しを得て、オズヴァルドは体をルーチェに向け、まっすぐに彼女を見つめた。

「どうか、ルクレツィア王女殿下を、我が妻として賜《たま》わりたいのです」

彼の言葉に、涙がこぼれないよう、ルーチェは唇を噛み締めた。

オズヴァルドが中庭での約束を守ってくれたことが、嬉しくてたまらない。

一方オズヴァルドの言葉に、周囲が感嘆のため息を吐いた。

豊かな領地でも、山のような金貨でも、望むだけ望める場で英雄が欲したのは、王である兄の寵愛《ちょうあい》以外、何の後ろ盾も持たぬ庶出の王女。

目の前で展開される世紀のロマンスに、皆が酔いしれていた。

「――ほう、我が妹が欲しいとな」

するとレオナルドが玉座にふんぞりかえって、面白くなさそうに言った。

ピリッとした雰囲気が、その場に流れる。

「可愛い妹だ。悪いがはいそうですかと易々《やすやす》とはやれんな」

特に結婚早々に妻を屋根裏部屋に放り込みそうな男には、と口の動きだけで言う。

オズヴァルドのこめかみに、血管が浮き上がった。

ルーチェは思わず吹き出しそうになり、必死で堪える。

(『何でも良いって言っただろう！』ってオズヴァルド様の心の声が聞こえてきそうだわ)

なんだかんだ言って、この二人は仲良しなのである。

「……余は可愛い妹に意に沿わぬ結婚を押し付けたくはないのだ。この子にはずっと苦労をかけてしまったからな。まあ、この場でそなたが求婚をして、ルクレツィアが受け入れたのなら考えてやってもいいが」

それらしいことをそれらしく言って、ニヤニヤと揶揄うようにレオナルドが笑う。

つまりはオズヴァルドに、ここで公開求婚をしろと言っているのだ。

オズヴァルドのこめかみの血管が、さらに大きく盛り上がった。

照れ屋の彼には、さぞかし難易度が高いのであろう。

だが一つ大きく息を吐いて覚悟を決めたように立ち上がると、オズヴァルドはルーチェの元へと歩き出した。

彼が近づいてくるたびに、ルーチェの心臓がはち切れんばかりに鼓動を打つ。

やがて至近距離にまで近づくと、ルーチェの前で跪き、彼女のドレスの裾に口付けをした。

それは、彼女への服従を意味していた。

「ルクレツィア王女殿下」

声をかけられて、「ひゃいっ！」とうわずった声が出てしまう。

するとオズヴァルドが小さく笑った。

「――心よりお慕い申し上げております。どうか、我が妻に」

そして手を取られ、その甲にも口付けを落とされた。

ルーチェを見つめるその目には、ただ必死の懇願があった。

後方で「おお……っ！」という兄の揶揄うような声が聞こえたが、もちろん無視である。

ルーチェの目から、ボロボロと涙がこぼれ落ちた。このところ泣いてばかりだ。

アルベルティ伯爵家でどんなに酷いことをされても、こんなふうに泣くことはなかったのに。

「……我が生涯の忠誠を捧げます。どうか……！」

言葉が出てこないルーチェに、さらに希《こいねが》うオズヴァルド。

彼に応えるために、ルーチェは涙で震える唇を必死に動かした。

「はい、喜んで……！」

すると、わっと周囲から歓声が上がる。

オズヴァルドはその場で掻《か》っ攫《さら》うようにルーチェを抱き上げると、嬉しそうに笑ってくるくると回った。

「ちょっと待て！　まだ結婚前だからな！　許さんぞ！　その手を離したまえセヴァリーニ卿！」

レオナルドの、笑い含みの叱責が聞こえる。

その時の幸せな様子は、この場に居合わせた人から人へと語り継がれていくことになり。

戦争英雄と悲劇の王女の恋物語は、国中で長く語られることとなったのだった。

エピローグ　屋根裏部屋は天国です

ルーチェが目を覚ませば、天窓から陽光が燦々と差し込んでいた。

この屋根裏部屋の良いところは、天窓から陽光が入って、朝自然に目が覚めることである。

眩しさに目を細め、身を起こそうとすれば、ちっとも体が動かない。

何かが体に絡み付いていているようだ。

（……って、腕……⁉）

どうやら逞しい男性の腕に、背後から抱きしめられているようだ。

その腕の持ち主は、もちろんルーチェの愛しい夫のものだ。

知らぬ間に、体に随分と傷が増えている。彼が戦場で戦ってきた証だ。

指先でその痕を撫で、この傷を負った際の彼の痛みを思い、どこか胸苦しい気持ちになる。

もう二度と戦争になどに行ってほしくないと、心から思う。

隣国も停戦協定を破って再び戦争を起こし、返り討ちにされて多くの国土を失うという損害を受けたため、現在内政が荒れているらしい。

彼らが怨恨に囚《とら》われず協定を守っていてくれれば、と思うが、それはこちらの事情しかない。オルネナス王国としては、一方的に押し付けられた停戦協定と考え、屈辱から憎しみを募らせていたのだろう。

だが少なくともしばらくは、戦争を起こす余力はなさそうだ。

そして、この国の王であるレオナルドは、他国への侵略に特に興味がないようだ。

『戦争を起こす予定はない。金も人命ももったいないからな』

そう言う兄は、案外ルーチェと性格が似ている気がする。

奪った国土についても、状況を鑑みつつ、いずれはオルネナスへの返還を考えているようだ。

ちなみに王都から逃げ出した前国王は、道中、野盗に襲われたようで愛妾や側近共々、遺体で発見された。

それが本当に野盗のしわざだったのかについては、ルーチェは特に興味がない。

農民上がりの野盗が、訓練を受けた近衛騎士を凌駕するとは思えないとか、都合良くレオナルドの戴冠式が終わった後に遺体が見つかったとか色々と出来すぎた状況はあれど、きっとそれはルーチェが考えなくても良いことだ。

すべて兄に任せようと思う。

前国王は、国民にその死を悲しまれることもなく、密かに王族の墓に埋葬されるだけで終わった。

哀れに思わなくもないが、全ては自分の行動が招いた結末だろう。

(そろそろ起きなくては……)

気合を入れて、絡みつく腕の中から抜け出そうとしたのだが、必死に力を入れてもルーチェの細腕ではぴくりともしない。

「んんーっ!」

それでも必死に足掻《あが》いていると、背中からくすくすと笑う声がした。

「……オズ様。起きていらしたのですね」

「ああ、おはようルーチェ。俺の奥さん」

幸せそうに耳元でつぶやかれ、ルーチェはくるりと体を反転させた。

そこには今日も素晴らしい、夫の尊顔がある。

頬に傷が走っており、痛々しくはあるのだが、なぜかこの傷が荒々しさを醸し出して、さらに格好良くなった気がするので、困ったものである。

「おはようございます旦那様。良い朝ですね」

ルーチェが笑って掠れた声で言えば、オズヴァルドは顔を赤らめた。

旦那様と呼ばれたことに照れてしまったらしい。可愛いが過ぎる。

そう、この度とうとうルーチェは正式に、オズヴァルドの妻になったのだ。

思った以上に長い婚約期間になってしまった。

初めて婚約者としてこの屋敷に来てから、すでに二年以上が経っている。

その間にルーチェはこの国の王女となり、オズヴァルドは祖父から爵位を受け継ぎ侯爵となった。

そして隣国オルネナスとの戦争終結から半年ほどが経ち、ようやく国が落ち着きを取り戻したところで、セヴァリーニ侯爵オズヴァルドと、国王の最愛の妹であるルクレツィア王女の婚礼は、王都の大聖堂にて盛大に挙げられた。

国王レオナルドは己の戴冠式は質素に行ったくせに、妹の結婚式には金を惜しまず、豪奢な婚礼衣装を密かに仕立てていた。

手編みのレースをふんだんに使い、金剛石と真珠をちりばめて作られたその衣装を前にして、貧乏性のルーチェはくらりと目眩がした。

身につける装飾品も、全てが国宝級の品であり、ずっしりと重みを感じるそれらに、やはりルーチェは気が遠くなりかけた。

流石に身に余ると訴えたが『王女であるならこれくらいは当然』とレオナルドに言い張られ、結局その衣装を身に纏うことになった。

婚礼当日、花嫁姿のルーチェに、レオナルドは顔を歪め、目を潤ませた。

彼が涙を浮かべる姿を、ルーチェは初めて見た。

いつも飄々《ひょうひょう》と、何を考えているかわからぬ笑顔を浮かべている兄だったというのに。

妹の花嫁姿に、流石に感極まってしまったらしい。

そしてこの衣装も、装飾品も、国王レオナルドが妹を大切に思っていることを周囲に見せつけるための装置なのだと、ルーチェは気付く。

庶出の王女であるルーチェが、決して軽んじられないよう。

彼女の後ろには、この国王たる自分がいるのだという、警告のため。

ルーチェは胸がいっぱいになってしまった。

レオナルドは間違いなく、ルーチェの家族になっていた。

「……オズヴァルドにやりたくない……」

などと往生際悪く呻くレオナルドに抱きついて、ルーチェは唇を噛み締め涙を堪える。

「……お兄様。ありがとうございます。大好きです……！」

「……ああ、ルーチェ。愛しい妹よ。幸せにおなり」

こんなふうに結婚を家族に祝福してもらえる日が来るなど、思わなかった。

式の間、ずっと涙目のレオナルドに見守られながら、ルーチェはオズヴァルドと手をとって、永遠の愛を誓い合った。

「……ルーチェの花嫁姿に、オズヴァルドもまた魂が抜けてしまったように見惚れていた。

「……本当に、綺麗だ。やはり君は、天使か？」

などと言い出すオズヴァルドに、ルーチェは笑った。

やはり彼の中で、自分は天使らしい。

そして国中から祝福された二人は、婚礼の後、久しぶりにセヴァリーニ侯爵家の王都別邸に帰ってきたのだ。

帰ってきてすぐにゴテゴテとした花嫁衣装を脱ぎ、やたらと厚く塗られた化粧を落とし、ゆっくり入浴した後で、ルーチェは愛する屋根裏部屋へと行った。

久しぶりの屋根裏部屋は、全く変わらずにそこにあった。

どうやらオズヴァルドが使用人に命じ、常に部屋を整えさせていたらしい。

部屋は綺麗に清掃されており、リネン類も洗濯され、清潔な石鹸《せっけん》の匂いがした。

（これよ……！　私が求めていたのはこの場所なのよ……！）

華美さの全くない、質素な佇まい。最高である。

その圧倒的な居心地の良さに、ルーチェは涙が出そうになった。

きらきらしいものや贅沢なものは、もうお腹いっぱいなのである。

そして、同じく入浴を終え、ガウン姿で屋根裏部屋に入ってきた夫と共に、久しぶりに二人で星を眺めようと、寄り添って寝台に腰をかけた瞬間。

オズヴァルドの方に、プツンと我慢の限界が来てしまったらしい。

そのまま押し倒され、荒々しく唇を重ねられた。星空を見上げる暇などなかった。

文句を言いたかったが、ぎらぎらと欲望を湛えた目で見つめられれば、何も言えなくなってしまった。

ルーチェが王宮に引き取られてから、一年以上が経っていた。

つまりその間、オズヴァルドは、ずっとルーチェに飢えていたらしい。

しかも国王レオナルドにきつく言い含められ、オズヴァルドとルーチェはこの半年、実に清く正しい関係を続けてきた。

王宮内でお茶を飲みながら会話を楽しんだり、中庭で散策を楽しんだりと、ひたすらに健全なお付き合いであった。

常に女官が付き従っていた為に、軽い口付けすら難しい状況。

ルーチェは若干の寂しさはあれど、それなりに満足していたのだが、オズヴァルドは全然物足りなかったらしい。

あっという間に着ていたネグリジェを剥かれ、体の隅々までを確認するように見つめられる。

かつては毎日のように抱き合っていたというのに、ルーチェに猛烈な羞恥が襲った。

「……ちょ、ちょっと待って……！」

「嫌だ」

展開が急すぎて、慌てふためくルーチェに、オズヴァルドは拗ねたように唇を尖らせた。

「……だって俺はすでに、君の肌の甘やかさを知っているんだぞ。そんなの、目の前に好物をぶら下げられた状態で、我慢しろと言われているようなものだろう……」

口づけの合間に、そんなことをしょんぼりと言われてしまえば、ルーチェは否と言えるわけがない。

ただ久しぶりすぎて、体を見つめられることが、肌に触れられることが、恥ずかしくてたまらないだけなのだ。

彼に熱の籠った目で見つめられると、ルーチェの下腹がずくんと忘れていた欲を思い出させるように、甘く疼いた。

この腹の奥を満たされることを、ルーチェもまた期待しているのだろう。

彼の手に触れられると、肌がじんわりと熱を持ち、不思議と呼吸が上がってしまう。

「んっ……」

息を詰めて、体を震えさせるルーチェを、オズヴァルドが愛おしげに見つめる。

「ああ。やっぱり綺麗だ。ずっと君の肌を見たかった」

耳朶《じだ》をねぶられながら、色を含んだ低い声でそんな言葉を囁かれ、ルーチェの腰から力が抜けた。

記憶していたよりも筋肉が付いた逞しい腕で、ルーチェの太ももが大きく割り開かれる。

それだけで、くちゅりと小さな水音がした。

どうやら口付けだけで、ルーチェの秘所は随分と濡れてしまっていたらしい。

「や……うそ……」

己の体のはしたなさに、ルーチェが顔を赤らめて目を潤ませる。

するとオズヴァルドが、嗜虐的な笑みを浮かべた。

「相変わらず感じやすいんだな」

そして、ルーチェを辱めるようにそんなことを言う。

ルーチェは本格的に泣きそうになった。

それなのに、下腹がきゅうっと、彼を求めてことさらに甘く疼くのだ。

「そんなこと、言わないで……」

彼に、ふしだらな女だと思われたくなくて。ルーチェが目を潤ませればオズヴァルドは慌てて宥めるように彼女の顔中に口づけを落とした。

「違うからな。君から求められていることを、俺は喜んでいるんだ」

耳元から首筋へ、そして胸元へとオズヴァルドの舌が這う。

ところどころでルーチェの肌を吸い上げ、小さな花びらを散らしながら。

そして最後に、ルーチェの仰向《あおむ》けになるとほぼ平らになる控えめな胸に顔を埋めると、幸せそうなため息を吐いた。

「ずっと、俺ばかりが君を好きだったからな」

「そんな……ことは……」

あったかもしれないが、今はルーチェも負けないくらいに、オズヴァルドのことが好きなのだ。

オズヴァルドはルーチェの胸に、すりすりと頬を擦り寄せる。

そんな様子を何やら可愛らしく感じてしまい、ルーチェは腕を伸ばし、彼の柔らかな金糸に指を差し込んでふわふわと撫でた。

オズヴァルドはどこもかしこも硬いのに、唇と髪の毛だけはとても柔らかいのだ。

子供にするように撫でていると、オズヴァルドが拗ねたように小さく唇を尖らせた。

子供扱いするな、ということらしい。

やはりその様子もとても可愛いな、と思ったところで彼の手が不埒《ふらち》な動きでルーチェの乳房を揉み始めた。

彼の手の中で卑猥《ひわい》に形を変えられる胸に、ルーチェは居た堪れなくなってしまう。

「相変わらず小さくって……」

体には肉がついたが、胸にはつかなかった。誠に遺憾である。

兄の婚約者であるフィロメナの素晴らしい胸を思い浮かべ、ささやかな己の胸が申し訳なくなってくる。

「ひゃっ……！」

すると突然敏感な胸の先端を指先で摘まれ、ルーチェは思わず甘い声をあげてしまった。

咎めるようにオズヴァルドを見やると、彼は存在を主張するようにぷっくりと色を濃くして勃ち上がったその場所を、舌先で転がしながら舐《ねぶ》り、甘噛みをし、ちゅっと吸い上げて弄んだ。

「あっ、ああっ……！」

ルーチェが何かを言おうとするたびに胸の頂を刺激され、言葉にならない。

「俺は君のこの胸が良い。可愛くて可愛くてたまらない」

オズヴァルドは愛おしそうにルーチェの胸に頬擦りをして、またその頂に触れる。

刺激を送られるたびに下腹がきゅうっと締めつけられ、その奥が何かをねだるように甘く疼く。

堪え難いその疼きを逃そうとみじろぎすれば、オズヴァルドの大きな体を押し付けられ動けなくなる。

「オズ様ぁ……」

必死に名前を呼べば、何かを乞うような響きになってしまった。

「ん？　どうしてほしいんだ？」

甘い問いかけなのに、目がぎらぎらとしていて怖い。ルーチェは怯える。

「お願い……」

何を、とは流石に言えなくて、ルーチェは脚をもじもじさせながら、目を潤ませて切ない声で乞う。

このお腹の奥の疼きを、オズヴァルドになんとかしてほしいのだと。

「……最初からあまり虐《いじ》めすぎるのは良くないよな」

ふう、と自分を落ち着かせるようにオズヴァルドは一つ息を吐くと、ルーチェの脚の間に手を伸ばし、そこにある割れ目に指を這わせた。

「外まで溢れてる。そんなに俺が欲しいんだ？」

（虐めないいんじゃなかったの……⁉）

ルーチェは心で泣いた。十分に虐められている。

だが、体がオズヴァルドを欲しがっていることは確かだった。

最後に彼に抱かれたのは、もう一年以上前だ。

ルーチェもまた自覚がないだけで、オズヴァルドに飢えていたのだろう。

つぷりとオズヴァルドの指先が、ルーチェの割れ目に沈み込み、そこに隠された固く膨らんだ小さな粒を捕える。

「ひあっ……！」

その表面を硬い指の腹で撫でられ、あまりに強い快感に、ルーチェの腰が跳ねた。

そんなルーチェの反応を楽しそうに目を細めて眺めながら、オズヴァルドはその小さな神経の塊を執拗に擦り上げ、押しつぶす。

熱が下腹部に溜まり、何かが迫り来る久しぶりの感覚に、ルーチェは怖くなってオズヴァルドにしがみついた。

「オズ様……怖い……！」

「大丈夫だ。その感覚に身を委ねていろ」

甘やかすように言われ、ルーチェは目を瞑り、体の感覚を澄ませる。

無意識のうちに下肢に力が入り、腰がぶるぶると震えてしまう。

「オズ……さま……もう……」

「ああ、達してしまうといい」

許しと共に、強めに陰核を押しつぶされて。

「――――っ！」

溜め込んでいた快感が決壊し、ルーチェは一気に絶頂に押し上げられた。

ビクビクと大きく跳ね上げるルーチェの体を、オズヴァルドは強く抱き込み、脈動を続ける蜜口にそっと指を差し込んだ。

よく濡れたそこは、絶頂による脈動と連動してオズヴァルドの指をきゅうきゅうと締め付けてしまう。

「……狭くなってないか？」

心配そうに言うオズヴァルドに、ルーチェは少し笑ってしまった。

「だってもう一年以上……」

そして言いかけて恥ずかしくなって黙る。

ここ一年以上オズヴァルドに抱いてもらっていないのだから、狭くなってしまうのは仕方がないのだ。

ルーチェの言いたいことを察したのか、オズヴァルドがまた嬉しそうに笑った。

それはオズヴァルド以外、ルーチェに触れた男はいないということだ。

「オズ様だけだもの……」

それだけは伝えたくて、ルーチェがしどろもどろに言えば、オズヴァルドが愛おしくてたまらないとばかりに、唇を塞いできた。

「んっ……んっ……!」

そして、ひくつく膣壁を、いやらしい水音を立てながら、広げるように指で探り出す。

自分の内側に異物が入り込む久しぶりの感覚に、ルーチェの肌が汗ばむ。

やがて滑らかに指が出し入れできるようになったところで、オズヴァルドが指を引き抜いた。

寂しそうにひくつく蜜口に、指よりもはるかに大きく太いものがあてがわれる。

「ゆっくりするから」

ルーチェを労わるように、口ではそう言いながら、オズヴァルドの表情には余裕がない。

なんだか彼が可哀想になって、ルーチェは彼の背中に手を這わせた。

「大丈夫。オズ様の好きにして」

ルーチェの甘えた声に、オズヴァルドの体がびくりと大きく震える。

「――オズ様が欲しいの」

自分だって、ちゃんとオズヴァルドのことが欲しいのだ。

「……煽ったのは、君だからな。ルーチェ」

唸るような声でそう言うと、オズヴァルドはルーチェを一気に貫いた。

「あああっ……！」

ずっと触れられていなかった奥を、一気に押し上げられ、ルーチェはまたしても深い絶頂に達した。

オズヴァルドはそのまま、容赦なく激しく抽送する。

「あ、ああっ……！　や……！」

絶頂でヒクつく気持ちの良いところを、全て擦り上げられて、ルーチェは喘ぐ。

快感の波に飲まれ、降りてこられない。ずっと絶頂したままのような、苦しいほどの快楽。

助けを求めるように、オズヴァルドの背中に爪を立ててしまい、彼が小さく眉間に皺を寄せた。

「ああ、ごめんなさ……ああっ！」

「爪を立てたきゃ立てろ。可愛いだけだから」

ルーチェの髪を撫で、顔中に口づけを落としながら、とろけるような目でオズヴァルドはそんなことを言う。

「ああ、気持ちがいいな。……ずっとここに戻ってきたかった」

万感の想いがこもったその声に、ルーチェの涙腺が決壊した。

よかった、と思った。自分はちゃんと、彼の帰る場所になっていたのだ。

オズヴァルドはルーチェの腰を掴むと、そのまま激しく揺さぶった。

「や、あ、あああ……！」

ルーチェは答えるように、嬌声をあげる。

「……っ！」

そして一際激しく突き込まれたその奥で、オズヴァルドは息を詰め、溜め込んでいた欲望を解放させた。

繋がった場所が激しく脈を打つ。オズヴァルドからこぼれ落ちた汗が、ルーチェの頬を打つ。

すると慌てたように、オズヴァルドが己のこぼした汗を指先で拭った。

全くもって不快ではないのに、とルーチェは小さく笑った。

オズヴァルドはこれで、案外紳士なのだ。

それから全てを絞り出すように、腰に力を入れた後、オズヴァルドがルーチェの上に落ちてきた。

体重をかけすぎないよう、ちゃんと腕で支えて重さを調整しているところなどに、愛されていることを感じてルーチェは幸せな気持ちになる。

今日はこのままぐっすりと眠れそうだと思った、その時。

己の中のオズヴァルドが、何やら力を取り戻していることに気づいた。

(…………え?)

恐る恐るルーチェがオズヴァルドの顔を見上げた、その時。

「……ルーチェ。もう一度いいか……?」

などと、希うような目で聞かれた。

正直言って、お腹いっぱいである。ルーチェは心の底から満足している。

ちなみに今日は早朝陽が上る前から起き出して、衣装だなんだと婚礼の準備をしており、寝不足だったりもする。

「……だめか?」

だがルーチェは、オズヴァルドのお願いに非常に弱かった。

久しぶりのふれあいである。確かにオズヴァルドからすれば、物足りないのかもしれない。

しかも結婚初夜である。明日は遅くまで眠っていても、おそらく問題あるまい。

覚悟を決めたルーチェは、オズヴァルドに一つ頷いてやった。

すると彼は嬉々《きき》として、ルーチェを揺さぶり始め。

「や、あ、ああ……!」

結局ルーチェは朝方ほぼ気絶するように意識を失うまで、彼に抱かれ続ける羽目になったのだった。

「体は大丈夫か？」

よって、今更そんな心配そうに聞かれても、ルーチェとしては答えられない。

正直に言って大丈夫ではない。

喉は嗄れて声を出し辛いし、腰は完全に使い物にならないし、脚も力が入らない。

もちろん度を超えて抱き潰してくれた、オズヴァルドのせいである。

正直軍人の体力を、甘く見ていた。

女性としては体力のある方だと思っていたが、とんでもない。死ぬかと思った。

だが心配そうに、そして罪悪感を湛えた目でルーチェの様子を窺ってくるので、困ってしまう。

だったらもう少し手心を加えてくれても良いものを。

少々恨みがましい目でルーチェがオズヴァルドを見上げれば、なぜか彼は甘く蕩《とろ》けるように笑った。

「ルーチェは怒った顔も可愛いな」

そしてそんな顔でそんなことを言われてしまえば、ルーチェの怒りはあっさりと霧散してしまう。

元々ルーチェは、怒りがあまり持続しない性質の人間である。

だからこそこれまで与えられた環境に、拗ねずに生きてこられたのだが。

仕方なくオズヴァルドの柔らかな金の髪を、ワシワシと撫でてやれば彼は嬉しそうに笑った。

まるで犬みたいだ、と思う。

金色の体毛の、体の大きな人懐っこい犬。

けれどこの犬は実は獰猛《どうもう》で、ルーチェにしか懐かないのだ。

そう考えると、さらに愛おしく感じてしまう。

オズヴァルドは、ルーチェがここにいることが、嬉しくてたまらないのだろう。

その存在を確かめるように、ぎゅうぎゅうと抱きしめて、頬擦りをする。

「……戦場で、ふとした瞬間。ルーチェに裏切られていたらどうしようと思った」

レオナルドの手をとって、王太子妃になっていたら、と。

そんなことを考えては、ルーチェに限ってそれはないと、必死に後ろ向きになる思考を打ち消していたのだという。

だから、ルーチェが自分を信じて待っていてくれたことが、たまらなく嬉しかったのだと。

「君が戦場から戻ってきた俺の姿を見て、嬉しそうに涙を浮かべて微笑んでくれた時。世界のありとあらゆるものに感謝したよ」

オズヴァルドの大袈裟な物言いに、ルーチェは思わず笑ってしまう。

それからえへんと胸を張って口を開く。

「だから言ったでしょう？　私は絶対にオズヴァルド様を裏切らないって」

もしオズヴァルドが、本当に戦場から帰って来なかったとしても。

ルーチェは一生、オズヴァルドの帰りを待つつもりだったのだから。

するとオズヴァルドは、感極まったようにルーチェを強く抱きしめた。

「ありがとう。ルーチェ。愛している」

そして照れることもなく、真っ直ぐに愛を伝えてくるようになった、夫の唇に。

ルーチェはそっと己の唇を重ね合わせ、「私もです」と言って笑った。

あとがき

初めまして、こんにちは。クレインと申します。

この度は拙作『屋根裏部屋でのとろ甘蜜月⁉ 私を追い出す予定だった侯爵様に何故か溺愛されています』をお手に取っていただき、誠にありがとうございます。

今回なんと四ページもあとがきのページをいただいてしまったので、痛々しく作品語りなどをさせていただければと思います。

私はお話を作る際、猛烈に書きたいテーマがある時以外は、担当様にどういった作品が良いか、ご提案をいただいてからプロットを作るようにしています。

そして今作では『屋根裏部屋令嬢』はいかがですか？　とご提案をいただきました。

『屋根裏部屋』という単語から、おそらく求められているのは可哀想なドアマット系ヒロインなのだろうと思ったのですが、私には屋根裏という部屋に対しあまり悪いイメージがなく、それどころか秘密基地のようなワクワクする魅力的な空間に感じておりまして。

もし「今日からここがお前の部屋だ」と屋根裏部屋を充てがわれたら、むしろ喜んでしまいそうだなあ、などと思ってしまったのでした。

いいですよね、屋根裏部屋。住んでみたいですよね、屋根裏部屋。

そして気が付いたら私の中で、嫌がらせで放り込まれた屋根裏部屋をむしろ喜び、自分好みに住みやすく改造していくＤＩＹヒロイン、ルーチェが生まれました。

与えられた環境をただ嘆くよりも、その中でより良く生きる方法を模索する、強くて前向きなヒロインが、やっぱり好きです。

さて与えられたお題はどこへ行ったのか、などと思いつつも楽しく書きました。

担当様申し訳ございません。通常運転です……。

一方ヒーローであるオズヴァルドは、過去に女性で痛い目に遭い、酷く女性不信を拗らせています。

ルーチェに対しても当初は良い印象を抱いておらず、結婚したくないあまりに彼女を屋根裏部屋に放り込んでしまったりします。

ですがルーチェと共に過ごす日々で、彼女を知り、己の考えや行動は本当に正しかったのかを疑い始め、自身を振り返ります。

現在でも男性女性という大まかすぎる分類の間で、互いを一方的に決めつけ、あえて分裂や対立を煽るような、そんな内容の書き込みをインターネットで目にすることがあります。

きっとそうすることで、晴れる何かがあるのだろうと思いつつも、それはごく一部のことであって、全てではないのになあ、などと勿体無く私は思うのです。

女性という存在自体に嫌悪感を持っていたオズヴァルドは、善良なルーチェを前に、考えを改めていきます。

　情けないように思えますが、頑なに己の意見や思い込みを守ろうとするよりも、潔く自分の非を認め、改善しようとするほうが、難しいことだと思います。

　そしてどうにも私は過去の過ちを猛省し、ヒロインに許しを請おうと必死になるヒーローが大好きでして。

　今回もルーチェを愛するようになり、かつての己の愚かな行動を猛省し、挽回しようと頑張るオズヴァルドをとても楽しく書きました。

　駄目な奴だなあ、などと思いつつも、ちょっと可愛いな、と思っていただけたらとても嬉しいです。

　そして、王太子レオナルドですが、こちらも大変好き放題に書かせていただきました！

　こういう絶対に主人公にはなれない癖のあるキャラクター、大好きなんです。

　最初から最後まで、物語を動かす存在としてノリノリで書きました。

　本当にコイツは……！　と思いつつ、笑っていただけますと幸いです。

　さて、最後になりますが、いつものようにこの作品に尽力してくださった皆様へお礼を述べさせてください。

　格好良くて色気のあるオズヴァルドと可憐なルーチェを描いて下さった、森原八鹿先生。本当にありがとうございます！

キャラフをいただいた時点で、私の胸のトキメキが止まりませんでした……！

今作からご担当いただきました新編集様。

初稿を提出した時、丁寧で優しいご感想をいただき、本当に嬉しくて泣きそうになりました。

初回から色々とご迷惑をおかけし申し訳ございません。そしてありがとうございます！

それからいつものように締め切りを前にパニックを起こしている私を支え、助けてくれる夫、ありがとう。

今年から専業になったというのに、相変わらず迷惑をかけ通しで反省しきりです……。なんでだ……。しっかりして私……。

次は、次こそは、あまり負担をかけずに原稿を終えたいと思います！

そして最後に、この作品にお付き合いくださった皆様に、心より感謝申し上げます。

この作品を少しでも日々の気晴らしにしてくださったのなら、こんなにも幸せなことはありません。

ありがとうございました！

クレイン

蜜猫 Mitsuneko Label

蜜猫文庫をお買い上げいただきありがとうございます。
この作品を読んでのご意見・ご感想をお聞かせください。
あて先は下記の通りです。

〒102-0075 東京都千代田区三番町8番地1 三番町東急ビル6F
(株)竹書房　蜜猫文庫編集部
クレイン先生 / 森原八鹿先生

屋根裏部屋でのとろ甘蜜月!? 私を追い出す予定だった侯爵様に何故か溺愛されています

2023年8月28日　初版第1刷発行

著　者　クレイン　©CRANE 2023
発行者　後藤明信
発行所　株式会社竹書房
〒102-0075 東京都千代田区三番町8番地1 三番町東急ビル6F
email : info@takeshobo.co.jp
デザイン　antenna
印刷所　中央精版印刷株式会社

まずは体から籠絡したいので、やはり
気持ち良くなっていただかないと

国家魔術師のララは弟子であるアリステアを守るためドラゴンに立ち向かい、死を避けるため魔法で石像になってしまった。二十年後、無事に目覚めた彼女は、傲岸だったアリステアが自分より年上で皆に慕われる領主となっているのを見て驚愕する。ララに再会して感激しながらも猛然と求愛を始めるアリステア。「あなたはもう私のものです。絶対に逃しはしませんよ」愛弟子の二十年越しの執着と情愛を浴びて息も絶え絶えのララは⁉

蜜猫文庫

炎の魔法使いは
氷壁の
乙女しか愛せない
魔女は初恋に熱く溶ける
クレイン
Illustration ウエハラ蜂
師匠に殺される覚悟ができた。
結婚しよう。リリア
世界一の魔術師アリステアの娘であるリリアは、父の弟子のルイスのことが大好き。火の精霊に愛されたルイスは炎の制御ができず迫害された過去があるが、実際は世話焼きで優しい人。魔物に悩まされるファルコーネ王国に行き、帰ってこない彼にしびれを切らしたリリアは彼の元に押しかけ同居を始め、ルイスも覚悟を決める。「リリア、触れてもいいか?」ずっと好きだった人に甘く愛され幸せの絶頂だが魔物の襲来の危機が迫り!?
蜜猫文庫

「その人から離れなさい！」フロレンシアは五歳になる愛娘エステルへ声を上げげた。彼女の隣にいる男性、愛称しか知らない彼こそが、エステルの父親でかつて愛し合った相手だったのだ。彼は自分の本当の名はアルフォンソだと言う。それはこの国の王の名前だった。「妻を愛でるための息抜きくらい、許されるさ」自分を妻と呼ぶ彼に王宮に連れてこられ、激しく愛されて蘇る記憶。思い出と現在に翻弄され、戸惑うフロレンシアは!?

蜜猫文庫

クレイン
Illustration ことね壱花
カタブツ聖騎士様は
小悪魔な
男装美少女に
翻弄される
甘い口づけは執愛の印
「私の純潔を、お前に捧げさせてくれ」
「私、ずっとそれが欲しかったんです」
「煽らないでくれ。ひどいことをしてしまいそうになる」男装して情報屋として働くシルヴィアは花街でカモにされかけていた聖騎士、アルヴィンを助けたのをきっかけに従者として彼の人捜しに付き合うことに。旅の間、彼の実直で誠実な優しさをからかいつつも強く惹かれていくシルヴィア。女だとばれるがいなや思いつめていたアルヴィンに速攻プロポーズされ熱く甘い夜を過ごすも、シルヴィアにはもっと重大な秘密があって!?
蜜猫文庫

ちろりん
Illustration サマミヤアカザ
政略結婚のはずの
小国の王女でしたが、
皇帝陛下の大切な
家族になります
溺愛閨攻防戦
dekiai neya kobosen
俺たちなら
いい家族になれるさ
小国の王女アリーヤは美貌で知略家の皇帝イシュメルに嫁ぐ事に。期待に胸を膨らませていた矢先に授業で閨は痛みを伴うと聞き衝撃を受け、姉から「主導権を女性が握ればいい」と助言をもらう。早速初夜でアリーヤが彼に主導権を握らせてほしいとお願いをすると彼は賭けをして勝ったらいいと条件を出してきた。「キスだけは自分からしてみるか？」痛みを感じたら交代出来るのに実際の彼との夜は蕩けるほど甘く気持ちよくて!?
蜜猫文庫